THE QUEEN OF CRIME
繁體中文版
20 週年
紀念珍藏

# 白馬酒館

阿嘉莎・克莉絲蒂——著
林樹民、盧玫——譯

# The Pale Horse

策畫者的話

# 通俗是一種功力

吳念真（導演、作家）

通俗是一種功力。絕對自覺的通俗更是一種絕對的功力。

這樣的話從我這種俗氣的人的嘴巴說出來，大概很多人要笑破褲底了。不過，笑完之後請容我稍稍申訴。這申訴說得或許會比較長一點，以及，通俗一點。

小時候身材很爛，各種遊戲競爭完全任人宰割，唯一隱遁逃避的方法是躲起來看書或聽大人瞎掰。那年頭窮鄉僻壤的小孩能看的書不多，小學二年級時最喜歡的是超大本的《文壇》，老師借的。看著看著，某天老師發現我的造句竟出現：「捧著：朝陽捧著一臉笑顏為群山剪綵」這樣亂七八糟的文字，就拒絕再讓我看那些超齡的東西了。

老師的書不給看，我開始抓大人的書看。一種是厚得跟磚塊一樣的日文書，對我來說那完全是天書，但插圖好看，經常有限制級的素描。另一種書是比較薄的，通常藏得很嚴密，只是裡面有太多專有名詞、重複的單字和毫無限制的標點，比如「啊啊啊」、

「……！！！」老讓我百思不解。有一天，充滿求知欲地詢問大人竟然換來一巴掌後，那種閱讀的機會和樂趣也隨著消失了。

所幸這些閱讀的失落感，很快從大人的龍門陣中重新得到養分。講到這裡，我似乎先得跟一個村中長輩游條春先生致敬，並願他在天之靈安息。

我所成長的礦區，幾乎全是為著黃金而從四面八方擁至的冒險型人物，每人幾乎都有一段異於常人的傳奇故事。這些故事當事人說來未必精采，但一透過游條春先生的嘴巴重現，有時連當事人都聽得忘我，甚至涕泗縱橫，彷彿聽的是別人的故事。

條春伯沒當過日本兵，可是他可以綜合一堆台籍日本兵的遭遇，一如連續劇般從入伍、受訓、逃亡荒島，面對同鄉同袍的死亡，並取下他們的骨骸寄望帶回故鄉，乃至骨骸過多搞不清哪是誰的等等，讓聽的人完全隨他的敘述或悲或笑，彷彿跟他一起打了一場太平洋戰爭。此外他也可以把新聞事件說得讓一個三、四年級的小孩，到現在仍記得當時腦中被觸動的畫面。例如當年瑠公圳分屍案的凶手做案之後帶著小孩到安東街吃麵（這讓我一直以為台北的安東街是條專門賣麵的街道），還有甘迺迪總統被暗殺、賈桂琳抱住她先生、安全人員跳上飛快的車子保護賈桂琳……當然，這記憶全來自條春伯的嘴巴而不是報紙。我的記憶全是畫面，有畫面，是因為條春伯說得精采，說得有如親臨他至死都還搞不清地理位置的達拉斯命案現場。

於是這小孩長大後無條件地相信：通俗是一種功力，絕對自覺的通俗更是一種絕對的功力。透過那樣自覺的通俗傳播，即使連大字都不識一個的人，都能得到和高階閱讀者一樣的感動、快樂、共鳴，和所謂的知識、文化自然順暢的接軌。也許就是因為這些活生生的例子，俗氣的自己始終相信：講理念容易講故事難，講人人皆懂、皆能入迷的故事更難，而能隨時把這樣的故事講個不停的人，絕對值得立碑立傳。

條春伯嚴格地說是有自覺的轉述者，至於創作者，我的心目中有兩個。一個是日本導演山田洋次，一個是推理小說家阿嘉莎．克莉絲蒂。

山田洋次創造了寅次郎這個集合所有男人優點跟缺點的角色，在以《男人真命苦》為名的系列下，總共完成百部左右的電影。它們的敘述風格、開頭、結尾的方法不變，唯一改變的是故事，是時代，是遍歷日本小鄉小鎮的場景。數十年來，看《男人真命苦》幾已成為日本人每年的一種儀式，一如新春的神社參拜。

數十年前訪問過山田導演，他說，當他發現電影已然有它被期待的性格時，電影已經不是導演自己的。他說：當所有人都感動於美人魚的歌聲時，你願意為了讓她擁有跟你一樣的腳，而讓她失去人間少有的嗓音嗎？

人間少有的嗓音與動人的歌聲，都來自山田導演絕對自覺的通俗創造。

再如阿嘉莎．克莉絲蒂，如果我們光拿出她說過的故事和聽過她故事的人口數字，就足以嚇死你。五十多年的寫作生涯，她總共寫出六十六本長篇推理小說，外加一百多篇短篇小說和劇本。其中有二十六本推理小說被改編，拍了四十多部電影和電視劇集。作品被翻譯成一百零三種文字的版本，銷量超過二十億本。

夠了。你還想知道什麼？知道二十億本的意義是什麼嗎？二十億本的意義是全世界平均三個人就有一個人讀過她的書，聽過她說的故事。

說來巧合，她和山田洋次一樣，創造出個性鮮明的固定主角（當然，前前後後她弄出來好幾個），然後由他（或是她）帶引我們走進一個犯罪現場，追尋真正的罪犯。

故事就這樣？沒錯，應該說這是通常的架構。那你要我看什麼？不急，真的不急，克莉絲蒂會慢慢冒出一堆足夠讓你疑惑、驚嚇、意外，甚至滿足你的想像力、考驗你的耐心和智商的事件來。

推理小說不都是這樣嗎？你說得沒錯，大部分是這樣，不一樣的是……對了，她像條春伯，像山田洋次，她真會說，而且她用文字說。

文字的敘述可以讓全世界幾代的人「聽」得過癮、「聽」個不停，除了聖經，也許就是克莉絲蒂。她不是神，但她真的夠神。

數十年前，台灣剛剛出現她的推理系列中譯本，那時是我結婚前，常有同齡的文藝青年來我租住的地方借宿，瞄到我在看克莉絲蒂，表情詭異地說：「啊？你在看三毛促銷的這個喔？」

我只記得他抓了一本進廁所，清晨四點多，他敲開我的房門說：「幹，我實在很討厭那個白羅……再拿一本來看看，我跟你說真的，要不是你的書，我真的很想把那個矮儸壓到馬桶吃屎！」

我知道他毀了，愛吃又假客氣，撐著尊嚴騙自己。克莉絲蒂再度優雅地撕破一個高貴的知識份子的假面具，她的手法簡單，那手法叫通俗，絕對自覺的通俗，無與倫比、無法招架的功力。

昔日的文藝青年如今跟我一樣，已然老去，但不時還會看到他寫一些充滿理念和使命感極重的文章，在報紙和雜誌上出現。我知道他要說什麼，只是常常疑惑他想跟誰說；同樣，我記得他說過什麼，但轉眼間忘記他說了什麼。但請原諒我，幾十年前那個晚上，他在我家看完的那兩本克莉絲蒂的小說內容，我可還記得清清楚楚。

也許有一天再遇到他的時候，我會問他之後是否還看過克莉絲蒂其他的書，如果沒有，我會跟他說，想讀要趁早，因為你會老、會來不及。至於白羅那個矮儸，大概永遠不會消失。哦，對了，還有一個叫瑪波，你說不定會來不及認識……

# 從他種視角到跨界嘗試的閱讀體驗

路那（推理評論家）

說到阿嘉莎．克莉絲蒂，即使是不太常閱讀推理小說的讀者，也很難不聯想到有個完美鬍子的偵探白羅、老小姐瑪波，又或者是她享譽國際的《東方快車謀殺案》、《一個都不留》等名著吧。

克莉絲蒂的廣受歡迎，還在於台灣近乎出版了她的全集。儘管台灣的出版能量相當驚人，但放眼國內外作家，有此殊榮者也在少數。這些作品中，除了廣受歡迎的系列作外，另有數量相對較少的獨立作品。這些作品或受累於知名度不高，或受累於缺乏讀者熟悉的偵探角色，而較少進入讀者的視野之中，然而，這不表示它們本身不值得一讀。

在這裡，我要先岔出去談一下柯南．道爾（Conan Doyle）與莫里斯．盧布朗（Maurice Leblanc）。這兩位除了同樣大受歡迎之外，他們其實也同受被角色綁架之苦——柯南．道爾一心想當個嚴肅作者，為此不惜「殺害」福爾摩斯，卻又在大眾壓力之下不得不讓他神奇地死而復生的事件，相信大家都耳熟能詳。然而，或許不是很多人知道，創造了亞森．羅蘋此一大受歡迎怪盜角色的盧布朗，最終也因羅蘋大受歡迎，且擅長易容的形象深植人心，導致他不得不將新偵探角色吉姆．巴內特（Jim Barnett）降級為羅蘋的分身。與道爾交好的克莉絲蒂，自然理解箇中艱辛，或許也因此早早意識到她不能再重蹈覆轍，是以她不僅致力於故事的創造，同樣致力於角色性格的劃分。但此事並非一蹴可幾。舉例而言，短篇小說〈情牽波倫沙〉的偵探，發表時由帕克．潘擔任偵探角色，稍後又更替為白羅一事，即讓人意識到帕克．潘與白羅之間的共性：相同的公務員退休身分、同樣與偵探小說家奧利薇夫人為好友，帕克．潘的祕書萊蒙小姐日後成為白羅的祕書等，種種線索都暗示著帕克．潘與白羅可能享有的共同根源。然而，是什麼讓帕克．潘沒有被白羅「吸收」，一如巴內特與羅蘋？閱讀《帕克潘調查簿》與收錄於《情牽波倫沙》的兩個短篇時，不妨仔細考察白羅與帕克．潘的不同之處。

除了角色外，故事情節的他種視角乃至於跨界嘗試，也是非系列作品的一大看點。《李斯特岱奇案》、《死亡之犬》、《殘光夜影》等短篇小說集中收錄的作品，有之後遭改頭換面的靈感之作，也有溢出推理小說規制，蔓延至靈異、恐怖、言情等領域之作。它們的開頭，與我們習慣的克莉絲蒂推理小說似無甚差異，然則在一個十字岔路的輕巧滑脫，卻足以造就全然不同的類型閱讀體驗。

同樣的體驗，在非系列長篇小說中亦可一見。不用系列角色，意味著不須遵守類型既定的規範，或受限於角色既有的設定，遂得以更加無拘無束的形式自在揮灑。眾所周知，克莉絲蒂絕非信奉范．達因（S. S. Van Dine）「故事中不能摻有戀愛成分」戒律的一人，相反地，她頗擅長於小說中加入情感元素。她筆下的系列偵探，無論白羅或瑪波，自身均不涉浪漫情感，而多以神仙教父／教母的姿態從旁協助，從而使小說中的推理情節與羅曼史主次分明，僅為點綴。但她筆下這些聰慧的男女，是否始終只能作為系列偵探的配角存在？對此，克莉絲蒂的回答是，許多時候，擺脫了神仙教父／教母的他們，會顯現出更令人矚目的風采。

另一方面，推理小說的大體布局，從謎團初現、偵查過程到真相大白，與羅曼史主角們從陌生到相知到決定是否相守，也自有其契合之處。是以，在克莉絲蒂的非系列作品中，有不少長篇故事均以處於曖昧狀態的男女作為偵查或敘事主體，如《西塔佛祕案》、《為什麼不找伊文斯？》、《死亡終有時》與《白馬酒館》等。其中的情感除了經典的兩情相悅外，亦存在著無私的奉獻，與狡獪的以情感作為武器等多種樣態。

克莉絲蒂同樣擅長以三角關係作為障眼法，從角色間的誤會到敘事手法的誤導等，在在能使讀者以為掌握了十之八九的關係圖，瞬間翻出別樣花色。《無盡的夜》保留了克莉絲蒂時常描繪的羅曼關係，卻撤去了推理小說的型態，改以令人聯想到達芬．杜莫里哀（Daphne du Maurier）的奇情（sensation）風格，確實令人耳目一新，難怪克莉絲蒂會將之選為十大最愛之七。而其自選最愛第八的《畸屋》，則巧妙地擺脫了傳統推理小說家族敘事中以惡意為基底的設定，別出心裁地講述了謀殺如何發生在一個充滿善意的家族之中。《畸屋》之「畸」，既源於同樣具備扼殺力量的善意，也源於天生之惡——克莉絲蒂對善與惡之觀點，由是鋪陳出了一個頗為耐人尋味的視角。

一般而言，以克莉絲蒂為首的黃金時期推理小說家的作品，不太會令人聯想到國際政治、社會情勢等，感覺起來就「硬邦邦」，一點也不「舒逸」（cozy）的事物。它應該是以鄉村、大飯店、（前）殖民地為核心，間或夾雜一兩句讀者也不甚在意的時局觀察以加固背景的狀態。但克莉絲蒂出生於一八九〇年，生平歷經奧匈帝國與俄羅斯帝國的崩潰、兩次世界大戰、經濟大恐慌等，樁樁件件都是近代歷史難以抹滅的大事件，她可能當真無動於衷嗎？是以，早在一九二七年，克莉絲蒂便以白羅為主角，寫出諜報小說《四大天王》，其後更塑造出湯米與陶品絲這對橫跨二次世界大戰的夫妻檔業餘情報員。然而這對歡喜鴛鴦的氛圍，或許終究難以展現克莉絲蒂對戰後國際形勢演變之思慮。職是之故，她持續創作鴛鴦神探的系列之餘，在他們力所未逮之處，再度啟用了非系列角色，《巴格達風雲》、《未知的旅途》、《法蘭克福機場怪客》均是此類作品，試圖傳遞她在《四大天王》中即已反覆論及的「幕後的力量」。

這個「幕後的力量」又是什麼呢？見識過帝國的崩潰，對於早年的克莉絲蒂來說，共產主義無疑是危險的。在她第二部出版品《隱身魔鬼》中，克莉絲蒂將幕後黑手設定為布爾什維克的信徒。然而，伴隨著一九二四年工黨政府首次執政，克莉絲蒂對相關思潮的憂慮似有緩和態勢，此後，她的小說中偶爾會出現被眾人視為嫌疑犯的左翼同情者最終卻得證清白的情節。

伴隨著二戰結束與冷戰的開啟，許多涉及諜報的故事紛紛以蘇俄作為陰謀主腦。但克莉絲蒂頗具深意地將《巴格達風雲》與《未知的旅途》背後的陰謀組織者拐了彎，不以冷戰雙方作為主使者，而是更廣泛地指向「無政府主義者」、「理想主義者」。這樣的觀點，在以新納粹為主軸的《法蘭克福機場怪客》中亦曾多次表述——但這不是說她就放棄了一些既存觀點。不意外地，赫伯特・馬庫色（Herbert Marcuse）、法蘭茲・法農（Frantz Fanon）這些思想家仍舊不討克莉絲蒂的喜歡。

克莉絲蒂對法農等人的抗拒，與她對大英帝國的忠誠，以及對中東（特別是埃及）的偏愛或許不無關聯。眾所周知，克莉絲蒂於一九三〇年結婚的第二任丈夫是考古學家，她因此與中東和考古結緣。當時，方於一九二二年在名義上脫離英國管治的埃及，是個年輕的新興國家，尚未能擺脫殖民宗主國的影響，克莉絲蒂對埃及乃至於中東的描繪，是以多半本於殖民者的視線而開展。她的背景與經驗，決定了她理解的視角。然則，這並不表示她無意了解該地的歷史淵源——以古埃及為背景的《死亡終有時》正是最好的例證。這部入選英國犯罪作家協會「史上百大犯罪小說」第八十三名的精采作品，向讀者講述的不只是一個關於謀殺的故事，更是千年前定居於此的埃及人究竟如何生活的故事。

在《巴格達風雲》中，有一段主角與主謀對峙時的敘述：「人命無關緊要……這是愛德華的信條。那個用瀝青黏補起來、三千年前的粗陶碗突然無來由地閃現在維多莉亞心頭。那些東西當然要緊。小小的日常用品、待養的家人、構築成一個住家的牆壁，還有一兩件被當作寶貝的財產。」顯而易見，對克莉絲蒂而言，考古文物的珍貴，不在於它們悠久歷史或蘊藏的知識，而在於當代人得以透過它們深刻感受過往人們的生活。正是這樣的感受，構築出對人與生命的尊重。這樣的尊重，正是克莉絲蒂推理小說的基石所在吧！

在娛樂之外，還有許許多多閱讀克莉絲蒂的方式，正如同在知名的偵探系列之外，仍存在著許許多多精采的非系列作品一般。你所看到的克莉絲蒂，又是什麼樣子呢？

# 獻詞

阿嘉莎．克莉絲蒂是世界讀者最眾，也最廣受喜愛的女作家。
身為克莉絲蒂的孫兒，我相信奶奶會非常樂見這次出版，
因為她極以自己作品中的趣味與娛樂為豪。
歡迎所有喜歡本系列的台灣新讀者參與這場饗宴！

——馬修．培察（Mathew Prichard）

獻給約翰及海倫·麥威懷特夫婦
萬分感謝他們讓我有機會親眼得見正義獲得伸張

## 前話

# （馬克·伊斯特的敘述）

依我看，可以從兩個方面探究「白馬酒館」這樁怪事。這說來簡單，實行起來卻很難。儘管有人說：「從起點開始，持續到終點，然後結束。」但是，哪兒是起點呢？

對歷史學家而言，要找出某段歷史起始於何時總是很困難。

既然如此，這樁怪事或許可從戈曼神父離開住處去看一名垂死婦人的那一刻談起，也可從之前切爾西的那個夜晚談起。

不過，既然敘述的大部分內容與我有關，我還是從後者開始吧！

# 01／（馬克・伊斯特的敘述）

蒸汽加壓咖啡機像發怒的毒蛇，在我身後發出嘶嘶聲。這雜音帶有一絲不祥，甚至近乎邪惡的意味。我覺得，當代社會的大多數雜音都帶有這種感覺：噴射機閃過天際時發出的狂怒呼嘯聲；地鐵接近隧道時轟隆隆的咄咄逼人聲；地面上那些震動你住宅地基的重型陸地交通工具，甚至連時下家庭中發出的輕微雜音……雖然帶來便利，但也帶著一點警惕。洗碗機、冰箱、高壓鍋、吸塵器，它們用起來方便，但似乎都在說：「當心！我是受你奴役的妖怪，一旦你控制不了我時……」

這是個充滿危險的世界。沒錯，危機四伏。

我攪拌了一下面前冒泡的咖啡，香氣四溢。

「您還需要什麼嗎？可口的香蕉培根三明治好嗎？」

這樣的組合，我覺得似乎有點怪。香蕉使我想起童年那種淋上糖水和蘭姆酒的甜點。至於培根，我認為應該和雞蛋一起吃才正統。唉，入鄉隨俗，到了切爾西，就得按照切爾西人的吃法了。我同意來份可口的香蕉培根三明治。

我在切爾西雖然租下一間帶家具的公寓整整住了三個月，但對那兒的一切還是很陌生。我正在寫一本關於蒙古建築的書，因此，無論住在漢普斯特、布魯姆斯貝利、斯翠森或者切爾西，對我都一樣。除了和工作相關的事物之外，我對周圍的一切都毫不在意，對我住處附近的街坊鄰里也漠不關心，我活在自己的世界裡。

但在這個特別的夜晚，不知怎麼的，一種寫作者都曾經歷過的厭倦感突然向我襲來。蒙古建築、蒙古帝王和蒙古人的生活方式，以及由此而衍生的一切精采事件，突然都變得輕如塵土。這些有什麼重要？我寫這些幹什麼？

我翻翻前幾頁，重讀一遍自己寫下的文字，覺得全都慘不忍睹，文筆拙劣，內容也枯燥透頂。是誰說過「歷史本是一派胡言」？（是亨利．福特嗎？）說得對極了。

我厭煩地推開手稿，站起身，看看錶。時間已近晚上十一點，我努力回想自己到底吃過晚餐沒有？腸胃告訴我沒有。中餐呢？對，在圖書館吃過了。但那已隔了好長一段時間。

我打開冰箱一看，裡面還有一小塊牛舌乾，但它一點也引不起我的食欲。於是我去國王大道上閒逛，最終邁進了窗戶上懸掛著紅色霓虹燈招牌的「路易咖啡館」，等待著香蕉培根三明治，思索著現代生活中種種雜音的不祥意味及其所造成的氛圍。

我想，這些雜音與我早期對啞劇的記憶有某些共同之處。大衛．瓊斯在一團煙霧中從櫃子裡鑽出來！活板門窗釋放出來自地獄的邪惡力量，向某個名叫「鑽石仙子」之類的人挑戰，仙女揮舞著一根不甚搭調的手杖，用呆板的聲音朗誦充滿希望的「邪不勝正」陳腔濫調，接著再唱出與這齣啞劇故事內容無關的流行歌曲。

我突然想到，或許邪惡要比良善給人留下的印象深刻得多。表演必須精采，必須驚心動魄，必須充滿挑戰！不穩定的勢力攻擊穩定的力量！我想，穩定力量最終總會獲勝，印證鑽石仙子的老生常談；呆板的聲音、押韻的詩句，甚至與劇情無關的對白「有一條蜿蜒小道，向下沿著山丘，通往我心愛的老鎮」，看來似乎都是不管用的武器，卻一定會戰勝敵手。啞劇的收場千篇一律，參加演出的演員，按角色的重要性，排列在樓梯上，鑽石仙子為了體現基督教謙遜的美德，不會搶先單獨出來謝幕，她只是和她在劇中的魔頭對手並肩排在隊伍裡。此刻的魔頭已不是那個可怕的噴火怪物，而是一個身著紅色緊身衣的普通人。

蒸汽加壓咖啡機的嘶嘶聲又在我耳邊響起。我招手再點一杯咖啡後，四下張望起來。我妹妹總是責怪我對周遭的世界漠不關心，怪我「只活在自己的小天地中」。此刻，我懷著一絲良心不安，開始留意起四周來。報紙幾乎每天都會刊載切爾西大小咖啡館及其店主的新聞，這是我實地領略現代生活的好機會。

咖啡館內有點昏暗，無法看得很清楚。顧客幾乎全是年輕人，我想，他們大概便是所謂的「離經叛道的一代」。在我看來，這裡的女孩就跟時下一般女孩一樣髒，穿得也太暖和。幾週前，我出門與幾個朋友進餐時，注意到坐在身旁一個二十歲左右的女孩。即使餐廳裡很熱，她還穿了件黃色套頭毛衣、黑裙子、黑毛襪。吃飯時她臉上不停地淌汗，毛衣散發出汗臭味，很久沒洗的頭髮也有一股惡臭。我朋友說，她很迷人。我可不以為然！我只想將她扔進浴缸，給她一塊肥皂好好洗洗。轉念一想，或許這只能證明我已跟不上時代。或許是因為我久居國外的緣故。我不禁回憶起那些迷人的印度婦女，盤著美麗的黑髮，穿著豔麗的紗麗，優雅飄逸，步態婀娜多姿……

我的美好回憶被一陣嘈雜聲打斷。鄰桌的兩位年輕小姐開始爭吵起來，與她們倆一道的小夥子想擺平事情，但徒勞無功。

突然，她們尖聲對罵起來。一個女孩打了另一個女孩一巴掌，挨打的那個用力將對方一把從椅子上拉下來，兩人像潑婦般打成一團，不斷歇斯底里地互相叫罵。其中一個是蓬鬆的紅髮，另一個披著長長的金髮。

不知她們究竟在吵什麼，我只聽見她們不停地叫罵著，鄰桌的人也開始湊起熱鬧來。

「打得好！用力打，露露！」

櫃檯後那個瘦削、留著鬢角、看起來像義大利人的店主（我猜想他就是路易）走上前，用純正的倫敦腔勸道：「夠了，住手！快住手……你們馬上就要驚動整條街了。警察會來找你們。住手，聽到沒有！」

可是金髮女郎只管發瘋似的扯住紅髮女郎的頭髮，還一邊尖叫道：「你什麼也不是，只是個會偷男人的賤貨！」

「你才是賤貨。」

路易和兩名尷尬的護花使者用力拉開她們。金髮女郎手裡抓著一大把紅髮，高舉著炫耀了一會兒，然後將頭髮扔在地板上。

這時，前門被推開了，一名身著藍色制服的警員站在門口，威風凜凜地問道：「這是在幹什麼？」

「只是開開玩笑。」其中一個年輕人回答說。

「是啊，只是朋友間開開玩笑。」路易一邊回答，一邊敏捷地將地上的頭髮踢到最近的桌子下。

那對仇人也假裝友善地朝對方笑笑。

警官懷疑地望著每個人。

「我們要走了，」金髮女郎甜蜜蜜地說，「走吧，杜格。」

碰巧這時另外有幾個人也要走。警官嚴肅地望著他們離開。從他的眼神可知，這次就這麼算了，下次他會特別留神。他緩緩地走了。

紅髮女郎的男伴付了帳。

「你還好吧？」路易對正在整理頭巾的女孩說，「露露對你也太狠了點，把你的頭髮都連根拔起了。」

「其實不痛，」女孩平靜地說，並對他笑了笑。「給你添麻煩了，真抱歉，路易。」

一行人離開了，這時店內幾乎空無一人。我在口袋裡找零錢。

「她真是個女中豪傑。」路易讚賞地看著她的背影說。

他拿起掃帚，把那些紅頭髮掃到櫃檯後面去。

「一定痛死了！」我說。

「換了我，早就痛得叫出聲來。」路易坦承說，「不過棠咪實在是一名女英豪。」

「你和她很熟？」

「哦，她幾乎每晚都來。她姓塔克頓，全名叫棠瑪希．塔克頓，不過周圍的人都叫她棠咪．塔克。很有錢。她老爸留給她一筆遺產，你知道她拿了這筆錢到哪兒去、又做些什麼嗎？她來到切爾西，搬進旺茲沃思橋那邊一間破舊不堪的房子，成天與一幫人無所事事，到處鬼混。我不懂，他們之中至少有一半是有錢人，要什麼有什麼，想住進麗緻飯店都沒問題，但他們似乎從這種生活方式中得到很大的快感。唉，我真弄不懂！」

「要是你，難道不會這樣做嗎？」

「喲，我還有點理智哩！」路易說，「我只管賺錢。」

我起身要走，順便問了剛才她們吵些什麼。

「哦，棠咪搶了另一名女孩的男朋友。不值得為他打架，相信我！」

「那女孩卻認為值得。」我評論道。

「哦，露露很浪漫。」路易寬容地說。

我不認為這是浪漫，但我閉口不言。

§

大約正好一週之後，我被《泰晤士報》上的一則訃聞所吸引：

塔克頓（全名棠瑪希・安・塔克頓），十月二日於安伯利法洛菲德醫院逝世，終年二十歲，為已故薩里郡安伯利區卡林頓公園的湯馬斯・塔克頓先生之獨生女。擇吉日舉行家祭，懇辭花籃。

沒人送花給可憐的棠咪・塔克；她再也不能享受切爾西「刺激」的生活。我突然憐憫起棠咪・塔克那樣的女孩來。然而，我提醒自己，你如何知道自己的看法正確呢？我有什麼權利說她們是虛擲生命呢？或許，虛擲生命的人是我。平靜的學術生活，埋首書堆，遠離塵世，這才是虛擲生命呢！二手的生活。平心而論，我的生活是不是缺了點刺激？真是個新鮮念頭！當然，事實上我並不需要刺激。但話說回來，或許我該找尋一點刺激？又是個陌生的念頭，而且我也不太能接受。

我不再想棠咪・塔克，改而翻閱起今天收到的信件來。

最重要的一封信是我堂姐羅妲・狄斯柏寄來的，要我幫她忙。既然今天早上我無心寫作，那正好心安理得地放下工作。

我走上皇家大道，搭計程車去朋友阿蕊登・奧利薇夫人家。

奧利薇夫人是位名聞遐爾的偵探小說家。她的女傭叫蜜莉，是個精明能幹、性情暴躁的老太太，善於保護她的主人不受外在世界的侵擾，以便她能潛心寫作。

我揚眉示意可否進去，蜜莉熱情地點頭放行。

「你最好直接上去，馬克先生，」她說，「她今天早上心情不好，你或許可幫她解解悶。」

我登上兩段樓梯，輕輕敲敲門，沒等應答便直接走了進去。

奧利薇夫人的工作室很寬敞，牆上貼著畫有熱帶鳥棲息在樹梢的壁紙。奧利薇夫人顯然有點抓狂地沿著房間踱方步，口中唸唸有詞。她冷冷地看了我一眼，又繼續踱方步。她的眼神茫然地掃過房間，向窗外眺望，不時還痛苦地閉上眼睛沉思一會兒。

「可是為什麼，」奧利薇夫人自言自語道，「那個白癡為何不馬上說他看見了那隻鸚鵡呢？他為何不說？他一定看見了牠！但如果他提到牠，一切便都毀了，必須有個方法……一定有……」

她一邊喃喃自語，一邊瘋狂地用手抓住灰色短髮，使勁扯著。之後，她突然盯著我說：「喂，馬克，我真是快瘋了。」隨後又繼續咳聲嘆氣。「還有莫妮卡，我愈想將她寫得好一點，她就變得愈惹人厭。傻女孩一個……又愛裝模作樣！莫妮卡……莫妮卡？我相信是名字出了問題。叫南希如何？會不會好一點？瓊呢？幾乎每個人都叫瓊。安妮也一樣。蘇姍呢？我已經有個人物叫蘇姍了。露西亞？露西亞？我好像能見到露西亞的模樣了……紅髮、套頭圓領長衫……黑色緊身衣？無論如何要穿黑襪子。」

她片刻的好心情又被鸚鵡的問題破壞了。奧利薇夫人再次開始焦躁地踱方步，並從桌子上拿起一些東西，看都不看便將其隨便放在某個地方。她細心地摘下眼鏡，裝進盒子，最後放入已裝了一把中國扇子的漆質匣子，然後深嘆一口氣說：「我很慶幸來的人是你。」

「你真客氣。」

「什麼人都能上我這兒來。要不是想找我辦義賣的蠢婦，就是來推銷蜜莉堅決不要的保險卡的男人，或者是水管工人（果真如此，運氣也未免太好了，是吧？）。要不然，就是有人想採訪我，問我一些滑稽可笑的老問題：你何時開始萌生寫作的念頭、你寫過多少書、你一共賺了多少錢？真不知該怎麼回答，所以老弄得我像個傻瓜一樣。但那都不算什麼，我被這鸚鵡的問題逼得快發瘋了。」

「有什麼想法出不來嗎？」我同情地說，「或許我最好離開這兒。」

「不，別走，至少你可以讓我分心。」

我接受了這個令人質疑的恭維。

「來根菸嗎？」奧利薇夫人略微客套地問道，「什麼地方好像有菸，往打字機蓋子裡找找看。」

「謝謝，我自己有。你來一根？哦，對，你不抽菸。」

「我也不喝酒，」奧利薇夫人說，「真希望我會。像那些美國偵探，上衣口袋裡總有一瓶黑麥酒。酒好像能解決他們所有的問題。你知道，馬克，我真不敢想像現實世界中有人殺了人還能逍遙法外。在我看來，只要一殺人，罪證便會昭著天下。」

「胡扯。你就寫了不少這種東西。」

「至少有五十五部。」奧利薇夫人說，「謀殺不是件難事，要掩人耳目卻不簡單。我的意思是，為什麼兇手偏偏是你？你根本八竿子打不著嘛。」

「小說還沒完成的話，那是當然啦。」我說。

「哦，不過那可讓我傷透了腦筋，」奧利薇夫人含糊地說，「隨你怎麼說，當B被謀殺了，有五、六個人在場，而且每個人都有謀殺B的動機，這實在太不正常。除非這B太討人厭。但這樣的話，誰會在意他是否被謀殺或是什麼人殺的。」

「我知道你的問題了，」我說，「但你既然已經成功地處理過五十五次這類題材，這次也會處理好的。」

「我也這樣對自己說，」奧利薇夫人說，「一遍又一遍地說，但我就是無法相信，所以我很苦惱。」

她又抓住頭髮，發瘋似的扯著。

「別這樣，」我叫喊道，「你會把頭髮連根拔掉的。」

「胡扯，」奧利薇夫人說，「頭髮長得很牢的。我十四歲那年曾出麻疹發高燒，前額的頭髮幾乎掉光了。真丟臉，過了整整半年才又長好。對一名女孩子來說，那真可怕，女孩子很在乎自己的頭髮。昨天我去療養院看瑪麗・卓方丹的時候，想起這樁事。她的頭髮掉得就像我那時一樣，她說等她病好一點後，一定得去做個假髮戴戴。我猜，六十歲的人長不出新頭髮來了吧。」

「前幾天晚上，我看到有個女孩的頭髮被另一個女孩連根拔起。」我說，聲調裡透出自以為見過世面的自豪感。

「你去了什麼鬼地方？」奧利薇夫人問。

「切爾西的一家咖啡店。」

「噢，切爾西！」奧利薇夫人說，「我相信那兒什麼事都會發生。一堆長髮派、老頑固和離經叛道的一代。我不常寫他們，我怕寫不出適當的語彙。我想，寫自己熟悉的人還保險些。」

「像哪些人？」

「乘船旅遊的人、飯店的房客、醫院及教區會發生的事、做買賣、音樂節，以及商店內的女孩、協會會員、一般婦女、徒步飽覽世界風光的青年男女、商店小弟……」

她稍稍停了一下，上氣不接下氣。

「看來足夠你寫的了。」我說。

「也許哪天你可以帶我到切爾西的咖啡館去玩玩，開開我的眼界。」奧利薇夫人渴望地說道。

「悉聽尊便。今晚怎麼樣？」

「今晚不行。我得忙著寫書——或者說我正為寫不出東西傷腦筋。寫作這件事就是這點最討厭——其實每件事都很煩人。寫作除了文思泉湧、讓人迫不及待下筆的那一刻之外，剩下的時間都很折磨人。告訴我，馬克，你覺得遙控殺人是不是可能？」

「你是指哪種遙控殺人？按下電鈕，發出致命放射線？」

「不是，不是，我不是指科幻小說。我想，」她猶疑地說，「我是指巫術。」

「做個蠟人，再釘上釘子？」

「哦，蠟人已不再流行了，」奧利薇夫人輕蔑地說，「不過有些地方常常發生怪事——在非洲或西印度。常聽大家說，土著就那樣蜷成一團死掉，用巫毒或符咒……反正，你應該明白我的意思。」

我說那種怪事現在被解釋為只具有暗示的作用。被害人聽說巫師已宣判了他的死刑，他的下意識便會產生作用。

奧利薇夫人輕蔑地哼了哼。

「要是有人向我暗示，我注定要某天死去，我會以挫敗他的期望為樂事！」

我笑了起來。

「你血液中流淌著西方的懷疑精神，不信命定之數。」

「那麼你認為那是可能發生的？」

「我不是十分了解，所以不敢肯定。這些東西怎麼鑽進你腦子裡的？你的最新大作是不是《暗示殺人案》呀？」

「不是的，真的不是。用老鼠藥殺人或用砒霜殺人的點子已夠我寫的了，或者再加上鈍器什麼的。我盡可能不扯上槍彈，那太複雜了。不過你來這兒不是為了和我談我的書吧。」

「當然不是。我來這兒是因我堂姐羅妲．狄斯柏要辦一次教區園遊會，還要……」

「我再也不參加了！」奧利薇夫人說，「你知道上次出了什麼事？我設計了一個『緝凶』的遊戲，而後來竟然出現了一具真的屍體[1]。我一直忘不了那一幕。」

「這次不是『緝凶』，你只要坐在帳篷裡，在你的書上簽名——簽一次五先令。」

「唷，哦……哦……」奧利薇夫人疑惑地說，「那還可以，我不必主持園遊會的開幕式？也不用說些愚蠢的話？不必戴大帽子？」

我向她保證絕對不必。

「而且僅僅只需花一或兩個小時，」我哄她說，「結束後，還有板球賽……啊，這個季節應該不會舉行。也許有孩子們的舞蹈表演或服裝比賽……」

奧利薇夫人大叫一聲，打斷了我的話。

「對啦！」她叫道，「正是板球！對呀！他從窗口看到球飛起來，一時分了心，所以忘了提鸚鵡的事……馬克，你來了真好，你太棒了。」

「我不明白……」

「或許吧，可是我明白，」奧利薇夫人說，「事情很複雜，我不想花時間解釋。真高興見到你，可是現在我希望你能離開這兒，馬上。」

「沒問題。關於園遊會……」

「我會考慮的。現在別煩我。我的眼鏡到底放哪兒去了？真是的，東西竟然就這麼消失了……」

1 請參閱克莉絲蒂的《弄假成真》一書。

# ／02

傑拉蒂太太像往常一樣猛然將神父宅邸的門拉開。她的樣子不像是替人開門，倒像是洋洋得意地說：「這次，我可逮住你了！」

「好啦，你想幹什麼？」她凶巴巴地問道。

門口站著一個很不起眼的男孩，既不容易引人注意，也難以讓人記在腦海，一個和許多孩子差不多的男孩。他抽抽鼻涕，顯然是感冒了。

「這是不是神父家？」

「你要找戈曼神父？」

「有人要找他。」這個男孩說。

「誰找他？在哪兒？有什麼事？」

「班索街二十三號有個女人說她快死了，柯平斯太太叫我來。這是天主教的地方吧？那個女人說不要牧師。」

傑拉蒂太太向他說沒錯，要他站在門口等著，隨後便轉身走進神父的宅邸。大約三分鐘後，一個上了年紀的高個子神父拿著一個小皮製公事包走了出來。

「我是戈曼神父，」他說，「班索街？是在火車站附近，對吧？」

「對，很近。」

他們一起出發，神父邁著大步走得很快。

「柯平斯……你說的是不是這個名字？」

「她是房東，把房子租給別人。是她的一個房客想見你。好像叫戴維斯。」

「戴維斯？奇怪，我怎麼不記得……」

「她的確是你們這個教派的，我是指天主教，她說牧師不行。」

神父點點頭。很快的他們就到了班索街。男孩指指一排高聳骯髒的房子中的一棟。

「就在那兒。」

「你不去？」

「我不住那兒。柯平斯太太給我一先令，叫我給你帶個口信。」

「我懂了。你叫什麼名字？」

「麥克．波特。」

「謝謝你，麥克。」

「不客氣。」麥克說完吹著口哨離開了。

有人即將死亡的消息對他並無影響。

二十三號的門開了，高大、紅光滿面的柯平斯太太站在門口，熱情地迎接客人。

「請進，請進，她病得很重，本該送去醫院，不該在這兒磨蹭的。我已經打電話到醫院去，可是誰也不知道那些人什麼時候才會到。我妹夫跌斷腿的時候，就足足等了六個小時。我說啊，真可恥。什麼醫療服務，才怪哩！光知道拿走你的錢，而當我們需要他們時，能到哪兒去找人？」

她一邊說，一邊帶神父走上窄窄的樓梯。

「她怎麼了？」

「本來只是流行性感冒。快痊癒時，卻急著出門。總之，昨天晚上她回來的時候，看起來就像死人。她躺在床上，什麼東西都不肯吃，也不肯叫醫生。今天早上我發現她發了高燒，已感染到肺部了。」

「肺炎？」

柯平斯太太這時已走得上氣不接下氣，像汽笛似的哼了一聲，似乎表示同意神父的判斷。她用力推開一扇門，站在一旁讓戈曼神父進去，並在他身後說：「神父來看你。現在你沒事了！」

她口氣中帶有一種虛假的快慰，隨便即走開了。

戈曼神父走了進去。房間裡擺著一些維多利亞老式家具，乾淨整潔。躺在靠窗床上的女人，軟弱無力地轉過頭來。神父一眼就可看出，她病得很厲害。

「你來了……沒有多少時間了……」她喘息著說，「……邪惡……邪惡至極……我必須……我必須……我不能這樣死掉……懺悔，懺悔，我的罪孽深重……深重……」她的眼睛半閉著，神情恍惚。

一些不連貫的字眼從她的嘴裡吐出來。

戈曼神父走到床邊，說出往常一說再說的那些詞語，那些威嚴又安撫人心的話語……全然出自他的神職及信仰。房間內一片祥和，受苦的雙眼已不再有痛苦的神色。

當神父盡了他的職責後，奄奄一息的女人又開口說：「阻止……必須阻止……你會……」

神父用肯定的口氣向她保證說：「該辦的，我一定去辦。你可以信任我。」

一會兒，醫生和救護車到了。柯平斯太太用那種絕望又幸災樂禍的態度迎接他們。

「總是來得太遲！」她說，「她已經走了……」

§

戈曼神父穿過暮色步行回家。霧正快速地堆積，今夜一定會起大霧。他停了一會兒，皺皺眉。真是個撲朔迷離的故事，其中到底有多少是她在發高燒時神志不清幻想出來的呢？當然，有一些是真的，但到底占多少比例？無論如何，他必須趁自己還記得的時候，將那幾個名字記錄下來。回家後還得召集聖法蘭西斯公會。

他突然轉進一家小咖啡店，點了杯咖啡坐下來。

他在法衣口袋裡摸了摸。唉，這個傑拉蒂太太，早就要求她把口袋補好，但她還是照樣沒補。他帶的筆記本、鉛筆和幾個零錢，全掉到內襯裡去了。他摸出一兩個零錢和鉛筆，筆記本卻不好拿。

咖啡送來了，他要求送來一張紙。

「這張行嗎？」

是個撕開的紙袋。戈曼神父點頭接了過來。他開始記下一些名字，絕對不能忘掉這些名字。他最容易忘卻的就是名字。

咖啡店的門開了。三個穿著愛德華式服裝[2]的年輕人進來，吵吵嚷嚷地坐了下來。

戈曼神父完成了他的記錄工作。他摺好紙，正要塞進口袋時，想起口袋已經破了，於是按照老方法，將紙片塞進鞋子裡。

又有一個人默默地走進來，坐在遠處的角落裡。戈曼神父出於禮貌，隨便喝了一兩口咖啡，便結帳付錢，起身離開了。

剛進來的那人似乎改變了主意，他看看手錶，好像是搞錯了時間，也起身匆匆而去。

霧愈來愈濃。戈曼神父加快了步伐。他很熟悉自己的教區，於是抄捷徑轉身走進火車站旁邊的一條小巷。或許他曾感覺到身後有腳步聲，但並沒有放在心上。他為什麼要放在心上呢？

一根棍子神不知鬼不覺地猛然朝他打了下來。他向前邁了一步，倒在地上……

§

科雷根醫師一邊吹口哨哼著〈歐弗林神父〉[3]，一邊走進警官辦公室，直截了當地跟雷振警官說：「我已經替你把神父的事情處理完畢。」

「結果如何？」

「我們不談驗屍的那些專門術語。他是被人狠狠地用棍子打了一頓，也許第一棍就送了命，兇手打定主意要取他性命，真狠毒！」

「是啊。」雷振說。

他是個黑髮灰眼的健壯男子，看似沉默寡言，但不時會做出一些很特別的手勢，洩漏出

2　指的是英王愛德華七世時期的服裝。

3　〈歐弗林神父〉（Father O'Flynn），愛爾蘭民謠。

他是法國新教徒血統。

他若有所思地說：「搶劫也不需要這麼狠毒吧？」

「是搶劫嗎？」醫生問。

「表面看來好像是的。他的衣袋被翻了出來，法衣的襯裡也被扯破。」

「凶手到底想搶什麼呢？」科雷根說，「這個教區的大多數神父都窮得跟耗子一樣哩。」

「他們把他的頭都敲破了……就為了讓他一命嗚呼，」雷振沉思道，「真不知為什麼。」

「有兩種可能，」科雷根說，「第一，是個狠心的年輕人幹的，沒什麼特別原因，就是喜歡暴力……這年頭有許多這種人，真遺憾。」

「那另一種可能呢？」

醫生聳了聳肩。

「有人痛恨戈曼神父。這可能嗎？」

雷振搖搖頭。

「不太可能。他是個隨和的人，這裡的人都很愛戴他。就我所知，他沒有敵人。也不可能是攔路搶劫，除非……」

「除非什麼？」柯平斯問道，「警方已找到了線索！我說得對不對？」

「他身上確實有樣東西沒被人拿走，這東西藏在他的鞋子裡。」

科雷根吹了聲口哨。

「聽起來像間諜故事。」

雷振笑了笑。

「沒那麼複雜。他的衣袋有個破洞。派恩警員與他的管家談過了。看來她是個懶惰邋遢的女人，沒把他的衣服縫補好。她承認，戈曼神父偶爾會把紙或信塞進鞋子裡，免得漏進法衣的內襯裡去。」

「凶手不知道這點？」

「凶手根本沒想到！換句話說，假設他想要的就是那張紙條而不是那些少得可憐的零錢。」

「紙條上寫了什麼？」

雷振伸手從抽屜裡拿出一張弄皺的薄紙。

「只是幾個名字。」他說。

科雷根好奇地接過來看看，上面寫著：

歐默德

桑福德

帕金森

赫斯基杜波

蕭
哈蒙茲
塔克頓
科雷根？
德拉方丹？

他揚了揚眉毛。

「上面竟然有我的名字！」

「這些名字對你有什麼特別的意義嗎？」警官問。

「沒有。」

「你從未見過戈曼神父？」

「沒有。」

「那麼你幫不了我們什麼忙了。」

「你知道這個名單有什麼意義嗎？」

雷振沒有直接回答。

「晚上七點左右有個男孩到戈曼神父家，說有個女人要死了，想見神父。戈曼神父便和他去了。」

「去了哪兒？你知道嗎？」

「我知道，很快就查出來了。班索街二十三號。房東是一位姓柯平斯的女人，生病的是戴維斯太太。神父七點一刻到，在她房間待了大概半小時。當救護車趕到要送她去醫院時，戴維斯太太剛好闔眼。」

「我明白了。」

「我們還得知，戈曼神父後來到了一家叫『東尼之家』的破舊小咖啡店。是個正派經營的地方，並未藏汙納垢，供應一些廉價的飲料，客人不多。戈曼神父點了杯咖啡，然後他顯然是摸了口袋，找不到想找的東西，便向店主東尼要了張紙，就是……」他做了個手勢。「就是這張。」

「那麼後來呢？」

「東尼端咖啡給神父時，他正在紙上寫字。一會兒他就走了，咖啡幾乎沒動一口（這一點我不怪他），他寫完這張名單後便將它塞進了鞋子裡。」

「店裡還有什麼人？」

「有三個流裡流氣的男孩子，坐在一張桌子旁，後來又進去一個年紀稍大的人，坐在另一個地方。沒點什麼就走了。」

「他跟蹤神父？」

「有可能。東尼不知道他是什麼時候走的，也沒注意他的長相。只說他是一個很不起眼的男人，正常，看起來和一般人沒有什麼不同。他想起那個人是中等個頭，穿件深藍色的外套……或者是咖啡色。皮膚不太黑也不太白。沒有理由認為他與這案子有關。但事情很難說。他沒有出面前來證實他在東尼那兒見過神父，不過時間還早。我們已通告那天晚上七點四十五分到八點一刻之間見過戈曼神父的人與我們聯繫。到目前為止，只有兩個人回應：一個婦女和一個在附近開藥房的藥劑師。我馬上就要去跟他們談談。神父的屍體是兩個男孩於八點一刻在西街發現的……你知道那條街嗎？其實只是一條小巷，通向火車站。其他的，你都知道了。」

科雷根點點頭，指著那張紙條。

「你對這個有何想法？」

「我認為它很重要。」雷振說。

「那垂危的女人告訴他一些事，他怕忘了那些名字，便盡快地將它們記了下來？問題是，如果他被要求必須保密，他還會不會那樣做？」

「沒必要保密，」雷振說道，「想一想，這些名字要是牽扯到了……譬如說，勒索。」

「那是你的想法，對吧？」

「我還沒有任何想法，這僅僅是一種假設。這些人受到勒索，而那個死去的女人若不是勒索者，便是知情者。我猜，她的目的不過是想懺悔，想盡可能做點補償。戈曼神父便承擔了這個職責。」

「然後呢？」

「接下來的都是推測而已，」雷振說，「姑且假設這個名單上的人都必須付錢，而且某個人不希望有人從中阻撓。這個人知道戴維斯太太快死了，而且找了神父去……於是便發生了這接下來的事。」

「我在想……」科雷根研究著那張紙條說，「你認為最後那兩個名字後面，為何要加上問號？」

「或許是戈曼神父不確定這兩個名字記得對不對。」

「也許不是科雷根而是馬利根。」醫生咧開嘴笑著說，「這很有可能。但我認為像德拉方丹這種名字，要不是會記得很準，不然就是根本記不住，你應該懂我的意思。奇怪的是，上面連個地址都沒有。」

他又讀了一遍名單。

「帕金森，很普通的姓氏；桑福德，也很一般；赫斯基杜波，這倒有點拗口，叫這個名字的大概不多。」

他突然靈機一動，俯身拿起桌上的電話簿。

「E到L開頭的字，我看看，赫斯基，安太太……約翰公司、修水管公司……伊西多爵士。哈！在這兒！赫斯基杜波，女性，俄斯米廣場四十九號。我們打個電話給她如何？」

「說什麼呢？」

「到時自然有話說。」科雷根醫生輕鬆地說。

「請便。」雷振說。

「什麼?」科雷根盯著他說。

「我說請便,」雷振和氣地說,「不必那樣吃驚。」

他拿起話筒,對接線生說:「替我接外線。」隨後看著科雷根問:「幾號?」

「格羅夫納,六四五七八。」

雷振重複了一次號碼,然後把電話交給科雷根。

「好好聊啊!」他說。

科雷根一邊等電話,一邊帶著迷惘的神色看著他。電話響了好一會才有人接。傳出來的是一個女人上氣不接下氣的聲音,「格羅夫納,六四五七八。」

「請問是赫斯基杜波女士的家嗎?」

「呃,呃,是的,我是說……」

科雷根醫生不理會對方的猶豫。

「對不起,我能跟她談談嗎?」

「不,不可能!赫斯基杜波女士四月就去世了。」

「啊!」

科雷根醫生驚訝得連對方的「請問你是哪一位」都沒回答,便輕輕放下了話筒。

他冷眼看著雷振警官。

「所以你才這麼放心地讓我打這通電話？」

雷振惡意地笑了笑。

「我們還不至於忽略明顯的事實。」他指出。

「四月，」科雷根若有所思地說，「那是五個月以前了。都五個月了，勒索或什麼的應該不至於再困擾她了。她不會是自殺的吧？」

「不是，她死於腦瘤。」

「現在我們只好重新開始了。」科雷根低頭看著名單說。

雷振嘆了口氣。

「我們還不能真正確定這份名單是否與本案有關。」他說，「或許只是一起霧夜中用棍子攻擊人的普通案件。除非我們走運，否則很難查出凶手……」

科雷根醫生說：「如果我繼續調查這份名單，你不介意吧？」

「請便，祝你好運。」

「你的意思是，如果你查不出線索，我也弄不出什麼頭緒！別太自信。我會特別查查這個科雷根，不管那是先生、太太，還是科雷根小姐；我要查查後面那個大問號。」

# 03

「哦，說真的，雷振先生，我沒什麼可以告訴你的了！我已經跟你們的警員都說過了。我不知道戴維斯太太是誰，也不知道她從哪兒來。她在我這兒住了大約六個月，按時付房租，看起來是個善良安靜、正經的人，其他就沒有什麼可說的了。」

柯平斯太太停下來喘氣，有點不悅地看著雷振。他對她淡淡地苦笑，從以往的經驗裡，他明白這種表情自有它的效用。

「如果我能的話，我是很願意幫忙的。」她改口說。

「謝謝你。我們就是需要人幫忙。女人憑直覺，懂得比男人多很多。」

這一招確實不錯，立即生效。

「哎，」柯平斯太太說，「真希望柯平斯能聽見你的話。他總是那麼傲慢輕率，常常很不屑地說我：『總是沒話找話說，胡言亂語，不懂裝懂。』不過十有九次我都是對的。」

「對啊，所以我才想聽聽你對戴維斯太太的評價。依你看，她是不是一個……不快樂的人？」

「說到這點……不，我不這麼認為。她看起來很務實，很有條理，彷彿她的人生都是規畫好的，而且也都按計畫進行。據我所知，她有一份工作，是在一家消費者研究公司，到處詢問人家用什麼洗衣粉、麵粉，每星期多少預算，怎麼開銷等等。當然，我總覺得那種工作是一種刺探……政府或其他什麼人怎麼會想知道這些事，我真搞不懂！調查的結果本來大家早就知道了，現在大家卻一窩蜂在做。如果你真想了解，我不妨告訴你，可憐的戴維斯太太很能幹，態度和藹可親，不會多管閒事，效率高，很實在。」

「你知不知道她服務的那家公司或協會的名字？」

「不，我不知道。」

「她曾提起過什麼親人嗎？」

「沒有。我猜她是個寡婦，許多年前丈夫便去世了。他有點殘疾，不過她很少談起他。」

「她沒有提起過她是從什麼地方來的？這個國家的什麼地方？」

「我想她不會是倫敦人，可能來自北部某地區。」

「你沒有覺察出任何……嗯，她有任何神祕之處嗎？」

雷振對自己問的事情沒有什麼把握。如果她是一位易受暗示影響的人……但柯平斯太太並未揣摩到雷振的心理。

「哦，我實在無法說我有覺察到。當然，從她的話中覺察不到。唯一令我奇怪的是她的手提箱。質料不錯，但不是新的。上面的名字縮寫塗改過，現在寫的是ＪＤ——潔希．戴維斯，但我猜本來是ＪＨ之類的，不過我想也可能是ＪＡ什麼的。只是我一直覺得那沒有什麼不對勁，二手貨往往很便宜，買了別人的箱子，當然得把姓名縮寫改一下。她沒留下什麼東西，僅僅是一口箱子。」

雷振已知道這一點。這名死去的女子東西少得令人吃驚。沒有任何信件，沒有照片，沒有保險卡，沒有存摺，也沒有支票簿。她的衣服都是耐穿的好料子，幾乎全是新的。

「她看起來快樂嗎？」他問。

「我猜是吧。」

他抓住了她語氣中的那一絲猶豫。

「這只是你的猜測而已？」

「嗯，這類事平常大家也不大去想它，對吧？我想她有錢用，工作不錯，對自己的生活很滿足，她不是那種多嘴婆。當然，她一旦生起病來……」

「對，她生起病來怎麼樣？」他鼓勵她說。

「起先她很苦惱。我是說當她感冒病倒的時候。她說這樣會把她的日常安排打亂，不少約會都得取消。可是感冒就是感冒，一旦染上了就不能置之不理。所以她只好躺在床上，用瓦斯爐煮茶喝，吃阿斯匹靈。我問她為何不請醫生，她說用不著，治感冒的最好辦法就是躺在床上保暖，還告訴我最好離她遠一點，免得受感染。等她好一點之後，我給她煮了點東西：熱湯和吐司，也不時弄點可口的布丁。這場病讓她心情低落，當然啦，感冒的確會讓人心情低落，不過一般人都是那樣，退了燒後就會感到意志消沉，她也差不多。我還記得，她坐在火爐旁，對我說：『但願我們不要有那麼多時間胡思亂想，我不喜歡想得太多，想多了心情不好。』」

雷振仍然很專注地看著柯平斯太太，於是她又打開了話匣子。

「我借了些雜誌給她，但她好像無法靜下心來閱讀。記得有一次她說：『如果事與願違，最好是根本不知道的好，你說對吧？』我說：『是啊，親愛的。』

「她又說：『我不知道……我一直無法肯定。』我說那沒什麼。然後她又說：『我做的每件事都是光明正大的，沒什麼好自責。』我說：『你當然無可挑剔，親愛的！』但我私底下真有點懷疑，她服務的那家公司帳目是不是有問題，說不定她有所察覺，但她認為事不關己。」

「有可能。」雷振贊同道。

「不管怎麼說，她又好了起來，或者說差不多好了，便回去工作。我告訴她別那樣急，再休息一兩天。讓我不幸言中！她上班後的第二天晚上回家後，我一眼就看出她又在發高燒，連樓梯都幾乎爬不上去。我告訴她一定要請醫生，但她不肯。她的病情愈來愈重，一整天眼神黯淡無光，臉燙得像火燒著一樣，呼吸也很沉重。又過一天後的晚上，她對我有氣無力地說：『神父，我必須要找神父。快……否則就太遲了！』而且她強調她不要牧師，只要天主教神父。我一直不知道她是天主教徒，她從來沒戴過十字架什麼的。」

但她的箱底確實有個十字架。

雷振不想提出這一點，仍然坐著聽她繼續講。

「我看到小麥克在街上，就叫他到聖多明尼克教會去找戈曼神父。然後我打電話給醫生和醫院，這些開銷都算在我的帳上，我也沒對她提起。」

「神父到達時是你帶他上樓去的嗎？」

「是的。然後我留下他們兩人獨處。」

「他們都說了些什麼？」

「呃，我不太記得了。我說，既然請來了神父，她的病應該就會好起來，想給她打氣。但我現在想起來了，關門時我聽到她提到什麼『邪惡』的字眼。沒錯，還提到一匹馬，或許是賽馬吧。偶爾我也喜歡小賭一下，但人家說賭馬有詐。」

「邪惡。」雷振說。

這個字眼讓他大吃一驚。

「天主教徒臨死前必須懺悔，不是嗎？所以我猜是那方面的事。」

雷振也不懷疑這一點，但他的想像力卻被這個字眼啟動了。

邪惡……

如果那位知道內情的神父是被人跟蹤、被棍棒擊斃……那的確是有什麼特別而邪惡的事。

§

另外三名房客沒有提供什麼線索。其中兩名一個是銀行職員，另一名年紀較大的在鞋店工作了多年。第三名房客是個二十二歲的女孩，才搬來不久，在附近的一家百貨公司上班。

他們三人和戴維斯太太幾乎沒什麼來往。

而那個告知警方她當天晚上在街上看見過戈曼神父的婦女，沒提供什麼有用的資訊。她是天主教徒，在教堂見過戈曼神父。七點五十五分時，她看見他轉到班索街進了東尼之家。僅此而已。

在巴頓街轉角處開藥房的奧斯本先生是另外一位目擊者，他倒提供了一點有用的線索。

他身材瘦小，已近中年，頭頂光禿，圓臉，戴了副眼鏡。

「晚安，警官，請到後面來好嗎？」

他拉起舊式櫃檯上的活板，雷振走了進去，穿過配藥室。穿著白外套的青年像個專業的魔術師，在裡面處理一瓶瓶的藥。他再穿過一道拱門，走進一個小房間，房間裡有幾張搖椅、一張桌子和一張書桌。

奧斯本先生鬼鬼祟祟地放下拱門簾，坐在一張椅子上，並示意雷振坐在另一張椅子上。他俯身向前，眼珠閃閃發光，興奮地說：「我或許可以幫你們。那天晚上店裡並不忙，沒多少事，天氣也不太好。我們的小姐站在櫃檯後面，星期四晚上我們通常八點才關門。霧愈來愈濃，周圍沒什麼人。我走到門口去看看天氣，心想霧降得真快，天氣預報剛說完它就來了。我在門口站了一會兒……裡面的事沒什麼小姐不能處理的，就是賣點面霜、浴鹽什麼的。後來，我看見戈曼神父從那邊走過來，當然，我一眼就看出是他。這件凶殺案真是令人震驚，凶手竟然殺害像他那樣德高望重的人。『是戈曼神父。』我當時心裡想。他正朝西街那邊走，你知道，就是火車站左前方第二個轉彎口。有個男人在他後面不遠處跟著。我本來沒有察覺有何不對勁，可是那個人很快停了下來，非常突然，正好是他經過藥房門口的時候。我正納悶他為何停下來，卻發現在他前面不遠處的戈曼神父也放慢了腳步。其實他沒有真正停住不走，而是像在苦心思索著什麼，想得都忘了邁步了。後來神父又大步往前走，那個男人也跟了上去，走得也很快。我想，或許那人認識戈曼神父，想趕上去跟他說什麼。」

「但事實上他只是在跟蹤他嗎？」

「現在我肯定他是在跟蹤他，但我當時沒想到這一點。霧很濃，我一眨眼就看不見他們了。」

「你能不能形容一下那個人？」

雷振的語氣並不十分肯定。他以為他只會聽到一番平凡無奇的描述。但奧斯本先生與東尼之家的東尼個性有所不同。

「哦，是的，我想可以，」他用一種自信的聲音說，「他是高個子……」

「高個子？有多高？」

「嗯，至少有五英尺十一英寸到六英尺，因為他很瘦，所以看起來還要高一些。瘦肩膀，喉結突出，小禮帽下面露出長髮，大鼻子，很惹眼。我當然說不出他的眼睛是什麼顏色。正如你所知，我只看到他的側面。從走路的姿態看，他大約五十歲。和年輕人走路的姿勢非常不同。」

雷振盤算了一下從門口到街上的距離，然後回頭看看奧斯本先生，心中感到懷疑。

他很懷疑……

藥房老闆這樣的描述，可能表示兩種情況。這可能來自豐富的想像。他聽說過不少這類案例，它們大多數出自女人之口。她們所形容的凶手相貌，往往是她們心目中凶手應該有的樣子，通常包括了一些虛構的細節，譬如賊溜溜的眼睛、粗黑不整的眉毛、尖嘴猴腮、惡狠無比。

但奧斯本先生所描述的特徵似乎真實可信。果真如此的話，那麼這個證人可真是百裡挑一……不受他人左右，能準確詳細地陳述他所察覺的事情。

雷振估計了一下從街道到門口的距離。

他若有所思地盯著藥房老闆。

「如果你再見到那個人，你想你能認出他嗎？」他問道。

「哦，能啊。」奧斯本先生自信滿滿地說，「我從不會忘記我所見過的任何一張臉。這是我的一種嗜好。我常說，要是哪個殺妻的凶手到我店裡買過一小包砒霜，我一定會在法庭上認出他來。我還真希望有一天會發生這種事呢。」

「不過迄今為止還未發生過？」

奧斯本先生沮喪地承認還沒發生過那種事。

「現在更不可能了，」他遺憾地補充道，「我已經把藥房賣了，價錢還不錯。我準備到伯恩茅斯退休。」

「你這個藥房看起來不錯。」

「一流的。」奧斯本先生說，語氣流露出一絲驕傲。「我家在這裡開藥房已有近百年的歷史。我的祖父和父親都經營過這個藥房，是一家出色的家傳藥房。我小時候卻沒有這種意識，只覺得藥房單調乏味。我與許多男孩一樣，熱中舞台表演。自信十足地以為自己會演戲，父親沒阻止我。『看看你能搞出什麼名堂吧，我的孩子，』他說，『以後你會發現自己不是亨利·艾爾文爵士[4]。』他說得真對！我的父親是個很有智慧的人。我在劇團裡大概待了一年半，最後還是回到這個藥房。我為這家藥房感到驕傲。我們保存了不少好藥方，雖然是傳統藥品，但品質一流。可是這幾年，」他傷感地搖搖頭。「真叫我們做藥劑師的人灰心。全都是化妝保養品充斥，又沒辦法不賣它，差不多有一半收入都靠這些臭東西：蜜粉、口紅、面霜、洗髮精和花稍的海綿袋。我自己從來不碰那些玩意，請了櫃檯那位小姐負責。時代不同了，開藥房真的跟以前不一樣了。但我存了不少錢，藥房也賣在好價位，我已經在伯恩茅斯用高價買了一棟漂亮的小平房。」

他接著說：「趁著還能享受生活的時候，盡快退休，這是我的信條。我有不少愛好，譬如，收集蝴蝶標本，偶爾賞賞鳥，還有園藝……時下有不少好書教人如何建造花園。我也喜歡旅行，或許會搭郵輪，趁早去外國看看。」

雷振站起身。

「好，祝你好運。」他說，「如果你離開之前，碰巧看見那個人……」

「我會馬上通知你，雷振先生，包在我身上。我很樂意這麼做。正如我對你說的，我很會認人。我會留神的。我會像人家說的……一個也不放過。真的，你儘管相信我，我很樂意的。」

4 亨利．艾爾文爵士（Sir Henry Irving, 1838-1905），英國著名的舞台劇演員兼製作人。

# 04
## （馬克・伊斯特的敘述）

我從舊維多利亞劇院出來，朋友赫米亞・黎可立在我身邊，我們剛看完《馬克白》。此刻正下著大雨，當我們穿過街道，跑向我停車的地方時，赫米亞憤憤地表示，無論什麼時間上舊維多利亞劇院，總會碰上雨天。

「這種事是免不了的。」

我不同意這種看法，說她和日晷不同，只記得下雨的時刻。

「我在格林德伯恩的時候，」當我踩離合器時，赫米亞又說，「運氣就很好，我實在想像不出還有什麼比那裡更完美了：音樂、燦爛的花圃，特別是白色的花圃最別致。」

我們談論了一會兒格林德伯恩和那兒的音樂，然後赫米亞說：「我們要到多佛去用餐，對吧？」

「多佛？這個主意好極了。我還以為要去『幻想園』呢。看完那齣充斥血腥和壓抑的

《馬克白》，是應該好好吃喝一頓才對。莎士比亞總讓我胃口大開。」

「是啊，華格納也一樣。中場休息時，吃客柯芬園的燻鮭魚三明治，也不足以平息精神上的悲痛。至於為什麼去多佛，是因為你的車正朝那個方向開。」

「這也要繞點路。」我解釋說。

「可是你繞過頭了。你已經開到舊（或者是新？）肯特路來了。」

我環顧四周，不得不承認，赫米亞像往常一樣，又說對了。

「我總是弄不清這兒的方向。」我道歉說。

「是很容易弄錯。」赫米亞贊同道，「總繞著滑鐵盧車站轉。」

最後，我好不容易才驅車過了西敏寺橋，我們繼續討論剛剛看過的《馬克白》。我的朋友赫米亞．黎可立是位二十八歲的漂亮女子，五官幾乎如希臘神祇般完美無瑕，一頭栗色秀髮盤在頸後。我妹妹總說她是「馬克的女朋友」，她那種刻意加上引號的語氣常惹我生氣。

幻想園的服務人員熱情地歡迎我們，帶我們到深紅色天鵝絨牆邊的一張小桌旁。幻想園生意興隆，所以桌子都挨得很近。我們坐下時，鄰桌的顧客熱情地與我們打招呼。牛津大學的歷史講師大衛．艾丁里介紹了他的同伴——一位梳著流行髮式的漂亮女孩。那種髮型很複雜，東突一塊，西突一角。奇怪的是，這髮型很適合她。她有一雙藍色的大眼睛，嘴半開著。她與大衛所有的女朋友一樣，很笨。大衛本身是個很聰明的年輕人，但好像只有跟傻里傻氣的女孩子相處，他才能放鬆。

「這是我的小寶貝帕比，」他介紹道，「這是馬克和赫米亞。他們都很正經而且博學，你得多學習才能趕上他們。我們剛看完《只是為了開玩笑》，好看得很！我想你們剛看完莎士比亞或易卜生的戲吧。」

「在舊維多利亞劇院看《馬克白》。」赫米亞回答。

「哦，你認為巴特森編導得怎麼樣？」

「我很喜歡。」赫米亞說，「燈光很迷人，而且我從未見過宴會場景安排得那麼好的。」

「啊，那些女巫怎麼樣？」

「真可怕！」赫米亞說。「她們總是那樣。」她補充道。

大衛表示同意。

「好像有一種濃郁的啞劇氣氛，」他說，「他們全都像千面魔頭一樣跳進跳出。你總不能期望一位身穿白衣的仙女金光閃閃地出現，然後用單調的聲音說：『你的邪惡不會勝利。最終，馬克白將陷入瘋狂。』」

我們全都笑起來，可是反應靈敏的大衛卻犀利地看了我一眼。

「你怎麼搞的？」他問道。

「沒什麼。你的話題使我想起那天看的一齣啞劇，有邪神、千面魔頭，是的，還有仙女。」

「在什麼地方？」

「哦，在切爾西的一家咖啡店。」

「你真是既聰穎又時髦，對吧，馬克？竟和切爾西那一夥人混在一起。穿緊身衣的富家女子，就在那種地方下嫁追逐名利的男孩。那正是帕比該去的地方，對吧，鴨鴨？」

帕比的眼睛瞪得更大了。

「我討厭切爾西，」她反駁道，「我認為幻想園好多了！這麼可愛，這麼可口的食物。」

「很好，帕比。反正你也不是很富有，不配去切爾西。再給我們談談《馬克白》吧，馬克，談談那些可怕的女巫。要是我擔任編導的話，我會知道怎樣塑造那些女巫。」

以前在牛津大學戲劇社時，大衛可是個活躍份子。

「怎麼塑造？」

「我會讓她們顯得很平常，只是些陰險狡猾的老婦，像鄉下的女巫。」

「但這年頭哪兒還有女巫啊？」帕比瞪著他問。

「你這麼說是因為你是個倫敦女孩。英格蘭鄉下的每個村子都有一個女巫。布萊克老太太就住在山上第三間茅屋裡。小孩們都被告誡不能打擾她，人們不時送給她雞蛋或自製的糕點。因為啊，」他用力搖動一根手指，「如果你惹惱了她，你家的乳牛就會擠不出奶，你的馬鈴薯也無法收成，或者小強尼會扭傷腳。你必須與布萊克老太太保持良好關係。沒有人如此明明白白說出來，可是大夥兒心裡全明白！」

「你真愛開玩笑。」帕比板著臉說。

「不，我不是開玩笑。這是事實，對吧，馬克？」

「教育愈來愈普及，那一類迷信完全消失了。」赫米亞用懷疑的口氣說。

「可是鄉下地方就是不一樣。你說對吧，馬克？」

「或許你是對的，」我慢吞吞地說，「不過我也不是很清楚，我很少在鄉下住。」

「我不明白你怎麼把女巫塑造成普通的老太太。」赫米亞回到大衛先前的話題。「她們一定得有一種超自然的氣質。」

「嗯，但你想想，」大衛說，「這就和發瘋一樣。如果你遇見一個又吼又叫、頭髮上有稻草、歪歪倒倒走來走去的人，那根本沒什麼可怕的！我記得有一次替一位在精神病院服務的醫生送個口信，我在一個房間裡等他時，對面有個很和善的老太太在喝牛奶。她隨意地和我聊天氣，然後突然俯身向前低聲問道：『被埋在火爐後面的那個孩子是不是你兒子？』然後她點點頭，又說：『十二點十分，準時，每天總是同一時間。假裝你沒有看到血喔。』她那種真有其事的口氣，叫人不寒而慄。」

「火爐後面真的埋了一個人嗎？」帕比急切地問。

大衛沒理她，繼續說：「再說那些靈媒好了。她們一會兒神情恍惚，一會兒在黑漆漆的房間裡又敲又打，結束後站起來拍拍腦袋，然後回家吃一頓有魚和洋芋片的晚餐，就像一位普通而快活的婦女。」

「所以，你構想中的女巫，」我說，「是三個未卜先知的蘇格蘭老太太，祕密運用她們的巫術，圍著一口大鍋唸咒語，召來一些鬼魂，然而她們表面上看來卻跟三個普通婦人一樣。是的，這可能會讓人印象深刻。」

「但願你能找到幾個這樣的演員。」赫米亞冷冷地說。

「你說得對，」大衛承認道，「只要劇本上有一點表現瘋狂的提示，演員馬上就會變本加厲地渲染！暴斃的情形也一樣。沒有一個演員會平平靜靜地倒下來死掉，他一定要怒吼一番、跌倒、翻白眼、喘粗氣、搔頭弄腦，很誇張地表演一番。談起表演，你覺得菲爾丁的馬克白將軍演得怎麼樣？劇評家對他的看法南轅北轍。」

「我覺得夢遊後與醫生在一起的那一幕戲真棒，」赫米亞說，「『你不能服侍一個有病的腦子。』他讓我察覺到一件以前從未想到的事……他是在命令醫生殺她，然而他又深愛妻子。他淋漓盡致地表現了恐懼與愛之間的爭戰。『隨後你也就該死了。』這是我所聽過最沉痛的話。」

「如果看到自己的劇本被人這麼演，莎士比亞一定會很吃驚。」我冷冷地說。

「我懷疑伯比奇公司已失掉不少他的精神。」大衛說。

赫米亞喃喃地說：「製作人處理原著的方式總讓作者感到意外。」

「莎士比亞的劇本不是一個叫培根的人寫的嗎？」帕比問。

「那種理論已經過時了，」大衛溫和地說，「關於培根你還知道些什麼？」

「他發明了火藥。」帕比得意洋洋地說。

「你們明白我為什麼愛這女孩嗎？」他說，「她知道的事往往出人意料。親愛的，是法蘭西斯・培根，不是羅傑・培根。」

「我覺得菲爾丁扮演的第三個凶手很有趣，」赫米亞說，「以前有沒有這種例子？」

「我想有的，」大衛說，「那時很方便。」他繼續說道：「如果想除掉一個人，你隨時可以召喚殺手。如果現在還能這樣，那會多有趣。」

「還是能啊，」赫米亞反駁道，「那些歹徒、幫派都可以供你差使。芝加哥就有。」

「唉，」大衛說，「我不是指那種幫派、敲詐勒索及犯罪集團的大哥，我指的只是想除掉某個人的市井小民。例如想除掉生意上的競爭者、富有而老不死的姑姑，或者老是礙事的笨老公。如果現在能打電話到哈洛茲百貨公司說聲：『勞駕派兩名老練的殺手好嗎？』那該有多方便。」

我們都笑了起來。

「但從某方面講，這點是辦得到的，不是嗎？」帕比說。

我們都轉身面對她。

「怎麼做，寶貝？」大衛好奇地問。

「嗯，我的意思是說，如果某人想的話，應該辦得到……如你所說，就像我們這樣的人。不過我相信費用很貴。」

帕比的眼睛瞪得大大的，看來單純天真，嘴唇也微微張著。

「你到底在說些什麼？」大衛好奇地問。

帕比一臉茫然。

「我想，我想，我是搞混了。我指的是『白馬』那類的事。」

「『白馬』？什麼樣的白馬？」

帕比羞紅了臉，並垂下了眼睛。

「我真傻，那只是別人提到過的……但我必定是把它搞混了。」

「吃一點可口的核果冰淇淋吧。」大衛親切地說。

§

一般來說，每個人大概都會經歷過某種奇特的體驗，那就是在聽到一件事之後，竟在二十四小時內就碰上。

我在隔天早上便遇到了這種事。

電話響了，我回答道：「弗拉斯曼，七三八四一。」

電話那頭傳來上氣不接下氣的喘息聲，聲音急促但堅定有力。

「那件事我考慮過了，我會去！」

我拚命在心中猜測這人是誰。

「太棒了，」我說著，拖延著時間。「呃，你是……」

「再怎麼說，」那聲音說，「總不會遭兩次雷擊吧。」

「你確定沒有打錯電話吧？」

「當然沒有。你是馬克・伊斯特，沒錯吧？」

「我知道了！」我說，「你是奧利薇夫人。」

「啊，」那個聲音驚訝地說，「原來你剛才不知道我是誰？我沒想到這一點。我說的是羅妲的園遊會，如果她希望我去簽名的話，我就去。」

「你真是太好啦。當然，他們會提供你膳宿。」

「不會有宴會吧？」奧利薇夫人擔心地問道。「你也知道那種事，」她繼續說，「那幫人明明看到我在喝薑酒或番茄汁，根本沒有寫作，卻偏偏還要問我：『現在是不是在寫作？』還說他們喜歡我的書。這當然是奉承話，卻弄得我不知如何回答。如果說『我很高興』，聽起來就像『很高興見到你』那類陳腔濫調。唉，實際上也差不多。你認為他們會邀我去『柏馬』喝點什麼嗎？」

「柏馬？」

「哦，白馬啦。我指的是酒館。我實在很怕酒館，我只能勉強喝點啤酒，那對我也很難。」

「你剛說的『白馬』是什麼？」

「那裡有一家酒館叫那個名字，不是嗎？或者叫『柏馬』？也許我記成了別的地方。說不定只是我的想像。我總是憑空捏造一堆事情。」

「鸚鵡還好嗎？」我問。

「鸚鵡？」奧利薇夫人迷惑地問。

「板球呢？」

「真的，」奧利薇夫人冷峻地說，「我看你一定是瘋了，還是昨晚宿醉什麼的。把柏馬、酒館、鸚鵡和板球都攪在一塊。」

她掛斷了電話。

我還在回味這第二次提到的「白馬」時，電話又響了起來。

這次是名律師索姆斯．懷特，他告訴我，我的教母赫斯基杜波夫人在遺囑中提到，我可以從她的藏畫中挑選三幅。

「當然，這批畫中沒有什麼特別值錢的，」索姆斯．懷特用沉鬱的聲音說，「但據我所知，你曾經表示很欣賞她的一些藏畫。」

「她有幾張很好的印度風景水彩畫，」我說，「我相信你已經寫信通知過我這件事，但我恐怕是忘了。」

「正是這樣，」索姆斯．懷特先生說，「可是遺囑的各個條款都已開始實施，身為執行委員之一的我，也正在安排出售她在倫敦的房子。如果你最近能來一趟艾斯米爾廣場……」

「我現在就來。」我說。

看來，這是一個不適合工作的早晨。

§

我腋下夾著挑選好的三幅水彩畫離開艾斯米爾廣場四十九號時，突然差點撞上了一個正要進門的人。我們相互道歉後，我正準備叫計程車，突然間想起了什麼，於是馬上轉身問對方。

「喂，你不是科雷根嗎？」

「是的……對了，你是馬克．伊斯特！」

從前在牛津上大學時，吉姆．科雷根一直是我的朋友，可是我們迄今為止至少有十五年沒見過面了。

「雖然面熟，可是一下子想不起來，」科雷根說，「我不時讀到你的大作，很欣賞啊。」

「你怎麼樣？是不是在從事你所嚮往的研究工作？」

科雷根嘆氣道：「難啊！那是花錢的工作，如果單靠你自己支撐。除非你能找到一個呆呆的百萬富翁，或者一個熱心的基金會。」

「肝蛭，對吧？」

「好記性！不，我已放棄肝蛭了。目前我最感興趣的是一種與脾臟有關的腺體，你一定還沒聽過。但顯然派不上用場！」

他說話的口氣帶著一種科學家的熱情。

「是什麼樣的概念，嗯？」

「嗯，」科雷根歉然道，「我認為這種腺體會影響人們的行為。淺顯地說，就跟你煞車時少不了一種液體一樣。沒有那種液體，煞車就不靈。對於人類，要是缺乏這種腺體，就可能——我只是說可能——導致犯罪。」

我噓了一聲。

「那以後怎麼解釋『原罪』說？」

「是啊，」科雷根說，「牧師不會欣賞我的理論，對吧？說真的，不幸得很，迄今還沒人對這種理論感興趣。所以我還在警方那裡擔任法醫。也很有趣，可以觀察到各類犯罪型態。我不想談公事打擾你，不然我們一起去吃午飯怎麼樣？」

「好啊。可是，你不是正要去那兒嗎？」

我的頭朝科雷根身後的屋子點了一下。

「也不是，」科雷根說，「我只是想私下闖進去看看。」

「那裡除了一名管理員，再沒別的人了。」

「我想也是。不過我希望盡可能發現一點赫斯基杜波女士的事。」

「我敢說我比那名管理員知道得多。她是我的教母。」

「真的？我運氣真好。我們去哪兒用餐？朗茲廣場有個小餐館，不算豪華，但有一種很別致的海鮮湯。」

我們在那家小餐館坐下後，一個臉色灰白、穿著法式水手褲的侍者端上一鍋冒著熱氣的湯。

「真好喝，」我一邊品嘗一邊說，「那麼，科雷根，你想知道這老太太一些什麼？順帶一提，是為了什麼？」

「說到起因，那話就長了，」我的朋友說，「首先，告訴我，她是個什麼樣的老太太。」

我想了一下。

「她是個傳統婦女，」我說，「維多利亞時代的。是某個小島已故總督的遺孀。她很有錢，也喜歡過舒適的日子。冬天就到國外奧斯托里那樣的療養勝地去。她的屋子其醜無比，擺滿了維多利亞式的家具，以及各種高、低級的維多利亞式銀器。她沒有孩子，但養了一對很乖的貴賓狗，她非常鍾愛牠們。她是個頑固的保守主義者，心地善良，但很專制，總堅持自己的意見。你還想知道些什麼？」

「我也不能肯定，」科雷根說，「就你所知，她有沒有可能受人勒索過？」

「受人勒索？」我驚訝地問，「真是難以想像，到底是怎麼回事？」

於是，我第一次聽到戈曼神父遇害這件事。

我放下湯匙，問道：「這份名單，你有嗎？」
「不是原本。我把它抄了下來，在這兒。」
我接過了他從口袋裡拿出的那張紙，開始研究起來。
「帕金森？我知道兩個帕金森。叫約瑟的在海軍服役。另一個叫亨利．帕金森，在政府某部門工作。歐默德，有一位歐默德少校在布魯斯。桑福德，我少年時期有位認識的老牧師姓桑福德。哈蒙茲？不知道。塔克頓，」我遲疑了一下。「塔克頓……不會是棠瑪希．塔克頓吧？」
科雷根不可思議地看著我。
「照我看，有可能是喔。她是誰？幹什麼的？」
「現在什麼都幹不了啦。她的訃聞大約登在一個星期前的報紙上。」
「所以，也是白搭了。」
我繼續讀名單。
「蕭。我知道一位牙醫姓蕭，還有傑洛．蕭，英國王室顧問……德拉方丹？我最近聽說過這個姓氏，可是想不起來是在哪兒了。科雷根……會不會碰巧是你？」
「但願不是。我覺得名字上了這張單子是會倒楣的。」
「也許吧。你怎麼會想到這事與勒索有關？」
「要是我沒記錯的話，這是雷振警官的看法。這事看起來是有點像……不過有太多種可能性了，譬如是走私者或情報人員的名單。但事實上什麼也無法確定。只有一點是可以肯定的：這份名單對於凶手十分重要。為了得到它，他可以殺人。」

我好奇地問：「你對你在警方的工作很感興趣嗎？」

他搖了搖頭說：「談不上。我的興趣在罪犯的個性、背景、生活環境，尤其是腺體方面的健康情形，僅此而已！」

「那你為何對這份名單如此感興趣呢？」

「誰知道！」科雷根緩緩地說，「也許是看到自己的姓氏被列在上面吧。姓科雷根的有救了！某一個姓科雷根的可以拯救其他姓科雷根的人。」

「拯救？這麼說，你認為名單上的人都將成為被害者，而不是加害者了？但會不會是兩者兼具呢？」

「你說得對極了。真奇怪，我竟然這麼肯定。或許這是一種直覺，也或許這事與戈曼神父有關。我不常碰到他，但他是個好人，人人都敬重他，宗教界人士也愛戴他。他是那種堅強不屈的人，為了這張名單不顧生死，令我不能忘懷……」

「警方還沒找出什麼線索？」

「有的，不過事情比較複雜，得到處調查，還要調查那天晚上找神父去的那個女人的背景。」

「她是誰？」

「顯然沒什麼特殊的。一名寡婦。我們猜測她丈夫可能與賽馬有關，但看起來又不太像。她在一家小公司上班，做消費行為調查，沒什麼不對勁的地方。那是一家信譽還不錯的小公司，對她的了解也不深。她來自英格蘭北方的蘭開夏。關於她只有一件事很奇怪，那就是屬於她私人的東西太少了。」

我聳聳肩說：「我想很多人都是這樣，只是我們不知道。這是一個隔絕遙遠的世界。」

「是的，你說得沒錯。」

「不管怎樣，你決定插手這件事？」

「只是隨便打聽一下。赫斯基杜波是個不常見的名字。我想我也許能找出一點這位女士的資料……」他未把這話說完。「但從你剛才告訴我的情況，好像找不到特別有用的線索。」

「既不會走私毒品，也不像情報人員，」我向他保證道，「她一向過著清清白白的生活，沒什麼好讓人勒索的。難以想像她的名字會出現在什麼名單上。她的珠寶保存在銀行裡，強盜也不會對她下手。」

「你還認識其他叫赫斯基杜波的人嗎？譬如她兒子？」

「她沒有子女，倒有一個侄兒和一個侄女，但不同姓。她丈夫是獨子。」

科雷根隨口說我幫了他不少忙，然後看看手錶，開心地說他要去接一個人，我們便分手了。

回家途中我一直在想這件事，始終定不下心來工作。終於，憑著一時衝動，我打了電話給大衛・艾丁里。

「大衛嗎？我是馬克。那天晚上你帶來的那個叫帕比的女孩，全名叫什麼？」

「想拐我的女人是不是？」

大衛似乎很開心。

「反正你有許多女朋友，」我回嘴道，「少一個也無妨。」

「兄弟，你已背了一個包袱了吧。我還以為你和她已經穩定了呢。」

「穩定」，這是個惹人煩的詞語。然而仔細一想，我與赫米亞的關係也確是這樣。可是為什麼我覺得有點沮喪呢？我內心深處一直覺得有一天我和赫米亞會結婚……我愛她勝過我所認識的其他人。我們有許多共同之處……

不知為什麼，我突然有股想打呵欠的強烈欲望……我們的前景展現在我眼前。赫米亞和我一起去欣賞名劇，一起討論藝術、音樂。毫無疑問，赫米亞是個相稱的伴侶。「可是不好玩啊！」我潛意識內突然浮現一個惡魔如此嘲笑道。對此我感到震驚。

「打盹了？」大衛問。

「當然沒有。說真的，我覺得你那個叫帕比的朋友清新可人。」

「說得好。她是……有點吸引人。她的真名叫潘蜜拉・史特林，在梅費爾區一家自以為高雅的花店工作。你知道，三根枝條，別上鬱金香，點綴一點月桂葉，賣三基尼。」

他把地址告訴了我。

「帶她去享受享受，」他用長輩式的親切口吻說，「你會覺得神清氣爽。那個女孩什麼也不懂，腦袋一片空白，你說什麼她都信。對了，她很有道德觀念，所以不要抱太多幻想。」

他掛斷了電話。

§

我有點不安地闖進「花卉研究股份有限公司」的大門。一陣濃郁的梔子花香撲得我倒退了好幾步。幾個女孩都穿著淺綠色的制服，每個看起來都像帕比，我實在分不清楚。最後，我好不容易才找出她來。她正在艱難地寫著一個地址，在拼 Fortescue Crescert 時還稍微躊躇了一下。拼完地址，找給客人五英鎊鈔票應還的零錢時，她又出了點錯。一等她空下來，我立刻與她打招呼。

「我們前幾天晚上見過面，當時你與大衛・艾丁里在一起。」我提醒她。

「哦，對呀！」帕比熱情地附和說，目光卻迷茫地從我頭上掠過去。

「我想問你一點事，」我馬上感到有點不自在。「或許我最好買點花。」

帕比像一部按了鈕的自動化機器，馬上回答：「我們有一些可愛的玫瑰，是今天剛送來的新鮮貨。」

「就這些黃玫瑰怎樣？」那裡到處都是玫瑰。「多少錢？」

「非常非常便宜，」帕比用甜美的聲音說，「每朵只要五先令。」

我嚥了口水，要了六朵。

「要不要這些非常特別的葉子襯托一下？」

我懷疑地看著那些快枯黃的葉子，於是另外挑了些嫩綠的蘆筍葉，如此的選擇卻使帕比懷疑起我的鑑賞力。

「我想請教你一件事，」當帕比有點笨拙地把蘆筍葉包在玫瑰花四周時，我再次重申來意。「那天晚上，你提到過叫『白馬』的什麼東西。」

帕比大吃一驚，玫瑰和蘆筍葉全掉在地板上。

「你能告訴我是怎麼回事嗎？」

帕比站直了身子問道：「你說什麼？」

「我想問你關於『白馬』的事。」

「一匹白馬嗎？你是什麼意思？」

「你那天晚上提過的。」

「我確信自己從未說過類似的字眼，也沒聽說過任何那類事情。」

「某人向你提起過。是誰？」

帕比深深地吸了口氣，然後慢慢地說：「我根本不知道你是什麼意思！老闆不許我們與顧客閒聊。」她把帳單放在我面前說：「請付三十五先令。」

我給她兩英鎊，她塞了六先令在我手裡，然後飛快轉身去招呼另一個顧客。

我發現，她的手微微顫抖著。

我慢慢走出花店。走了一小段，察覺她算錯了價錢（蘆筍葉是七先令六便士），也找了太多零錢給我。她所以會算錯錢，顯然是因為算術以外的問題。

我彷彿又看見那張可愛的面孔和藍色的大眼睛。那雙大眼睛裡隱藏著什麼……

「她嚇壞了，」我對自己說道，「嚇呆了……然而為什麼呢？為什麼？」

05

# （馬克·伊斯特的敘述）

「真輕鬆，」奧利薇夫人說，「想到園遊會結束了，也沒發生什麼事，真是輕鬆！」的確是令人放鬆的一刻。羅妲的園遊會就像一般的園遊會那樣結束了。清晨時分，天氣非常不好，大家都很擔心，究竟是否要設立露天攤位，或者一切活動都在長形穀倉及帳棚內進行，眾人爭執不休；針對茶會如何安排、攤位如何擺設等問題，大夥也都爭得面紅耳赤。

羅妲老練地圓滿解決了所有的問題。她那群活潑卻放肆的小狗不時從屋子裡逃出來湊熱鬧……牠們原本是被關在屋內的，因為眾人擔心牠們在這隆重的場合搗亂，然而大家的擔心一點也沒錯！

一名全身披著淺色毛皮的小明星愉快地抵達會場，丰姿綽約地主持了開幕儀式，說了一些關於難民困境的動人講詞，讓在場民眾感到莫名其妙，因為舉辦園遊會的目的是為了募集教堂高塔修復基金。

售酒攤位相當成功，不時出現找不出零錢的問題；茶會時，人人爭先恐後地擠在同一時間進入帳棚內喝茶，場面相當混亂。

最後，到了晚上，穀倉裡還有人在跳地方舞蹈，還安排了煙火。但主人卻疲累得只能回到屋子，在飯廳吃了簡單的冷盤。

大夥一邊吃一邊聊天，每個人只顧自說自話，很少注意其他人，氣氛顯得十分輕鬆散漫。被放出來的狗在餐桌下愉快地啃著骨頭。

「今年一定比去年援救兒童園遊會所募來的錢更多。」羅妲高興地說。

「我覺得很意外，」孩子們的蘇格蘭籍保母兼教師麥凱莉說，「麥克・布倫特居然連續三年發現藏寶。我懷疑他是不是預先得到了情報。」

「布魯班女士贏了那頭豬，」羅妲說，「我看她並不想要，顯得有點尷尬。」

這一夥人包括我的堂姐羅妲、她丈夫狄斯柏上校、麥凱莉小姐、一位人如其名的紅髮女子金潔、奧利薇夫人，以及凱萊布及黛安・卡索普牧師夫婦。牧師是位和藹可親、上了年紀的學者，他最大的嗜好就是突然引經據典起來。雖然這種習慣常常令現場氣氛一時尷尬，造成眾人談話中斷，但牧師一向樂此不疲。他根本不需要任何人對他那洪亮的拉丁語句有所回應，光是引經據典便讓他感到滿足。

「誠如賀瑞斯[5]所言……」他愉快地掃視一遍全桌的人。

於是眾人又發生習慣性的停頓，接著又打開了話匣子。

「我覺得霍斯福太太在那瓶香檳酒上動了手腳，」金潔若有所思地說，「她侄兒得到了那瓶酒。」

有一雙美麗的眼睛但神情緊張的卡索普太太，沉思地打量了奧利薇夫人好一會兒，之後突然問：「你希望這次園遊會發生什麼事嗎？」

「哦，是啊，譬如謀殺案什麼的。」

卡索普太太看來似乎很感興趣。

「為什麼呢？」

「沒什麼理由。也不太可能，真的。但我上次參加一個園遊會就發生過這種事。」

「我明白了。所以你覺得不安？」

「非常不安。」

牧師的話又從拉丁文轉成希臘文。

稍事停頓之後，麥凱莉小姐談到，她懷疑抽籤出售活鴨的遊戲有作弊行為。

「『國王紋章』的老勒格送給售酒攤位十二打啤酒，真大方。」狄斯柏說。

「國王紋章？」我尖聲問道。

「是本地的一家酒館，親愛的。」羅妲說。

「這裡是不是還有另外一家酒館？叫作……白馬，你不是說過嗎？」我轉向奧利薇夫人問道。

大家的反應完全出乎我的意料。眾人轉頭看我，表情茫然，毫無興致。

「白馬不是酒館，」羅妲說，「我的意思是說，它現在已不是酒館了。」

「它本來是家古老的酒館，」狄斯柏說，「很可能是十六世紀建的，但現在它只是一間普通的民房。我一直認為它應該改改名字。」

「哦，不，」金潔大聲說，「要是改名叫什麼『路邊亭』、『美景閣』之類的，就太蠢了。我覺得叫『白馬』最好。那兒還有一塊可愛的酒館招牌。她們把它掛在門廳。」

「她們是誰？」我問。

「房子是賽澤．格雷的。」羅妲說，「不知道你今天有沒有見到她？灰色短髮的高個女子。」

「她很神祕，」狄斯柏說，「會招魂術和魔法。不一定全是巫術，反正就是那種東西。」

金潔突然大笑一聲。

「對不起，」她抱歉地說，「我想起了格雷小姐扮成巫婆登上黑天鵝絨祭壇的樣子。」

「金潔！」羅妲說，「別在牧師面前亂說話。」

「對不起，卡索普先生。」

5 賀瑞斯（Horace, 65BC-27BC），古羅馬詩人及諷刺家。

「沒關係，」牧師微笑道，「古人言……」

接著，他背了一段希臘文。

大家敬畏地沉默了一會兒，我又舊話重提。

「我還想知道『她們』是哪些人……除了格雷小姐還有誰？」

「喲，還有一個朋友跟她住在一起，叫熙碧．史丹福。我認為她是個靈媒，你一定在附近見過她，她身上掛了一堆聖甲蟲護身符、念珠什麼的，有時還穿印度紗麗，我不明白是為什麼，她從未去過印度……」

「還有貝拉，」黛安．卡索普太太說，「是她們的廚子，她也是個女巫。她來自小鄧寧村。她在那邊是很有名的女巫，祖傳的，她母親也是女巫。」

她說話的口氣好像真有其事。

「聽你的口氣好像你也相信巫術，黛安．卡索普太太。」我說。

「當然！那又沒有什麼神祕的，全都是很自然的事。只是繼承了家族的才能。小孩們都被告誡別去逗她的貓，人們也會不時送些自製的點心或果醬給她。」

我懷疑地看著她，而她卻顯得煞有其事。

「今天熙碧幫我們忙，替人算命，」羅妲說，「她坐在綠帳棚裡，我相信她是這方面的高手。」

「她給我算了個好命，」金潔說，「想要錢就有錢。會有一個皮膚黝黑、海外來的英俊陌生人追求我，一生會有兩個丈夫和六個孩子。真是非常豐富。」

「我看見柯蒂斯家的女孩出來時滿臉春風。」羅妲說，「然後她對男朋友赧顏以對，告訴他，別以為他新郎當定了。」

「可憐的湯姆，」她丈夫說，「他沒有回嘴嗎？」

「回了。他說：『我不會告訴你她許諾了我什麼，也許你聽了會很不高興，我的小姐！』」

「湯姆說得好。」

「帕克老太太的嘴很刻薄，」金潔笑著說，「她說：『都是胡說八道，你們兩人都不要相信。』可是克利普太太卻尖聲插嘴道：『莉姬，你和我一樣清楚，史丹福小姐能看見別人看不見的事情，而格雷小姐能預測哪一天有人會死，而且從來沒說錯！有時候她們真叫人毛骨悚然。』帕克太太接著說：『死亡是不同的，那是一種定數。』克利普太太說：『反正我無論如何都不會去得罪她們三人中的任何一個！』」

「聽起來真有意思。我真想見到她們！」奧利薇夫人渴望地說。

「我們明天帶你去，」狄斯柏上校應許道，「那棟老酒館的確值得看看，她們把它布置得很舒適，也沒有破壞原來的特徵。」

「我明天早上打電話給賽澤。」羅妲說。

我必須承認，我是帶著一種沮喪的心情上床睡覺的。

「白馬」在我心裡原本代表一種不可知的邪惡，現在看來卻不是那麼回事。當然，除非什麼地方還有另外一個「白馬」？

我沉思著，直到入睡。

§

翌日是星期日，我有一種解脫的感覺，一種聚會結束後的輕鬆感。草地上碩大的帳棚在潮溼的微風中凌亂地搖晃著，等待著外燴人員次日清晨來收拾。星期一，我們將著手估計損失，並清理會場。可是今日羅妲卻明智地決定，大家還是盡可能地外出比較好。

我們都去了教堂，恭敬地聆聽卡索普牧師講述以賽亞全書的一段教義，但牧師布道的內容論及宗教的部分似乎不比論及波斯人的歷史多。

「我們將與魏納博先生共進午餐。」羅妲後來解釋道，「你一定會喜歡他，馬克。他真是個有趣的人，到過好多地方，什麼事都做過，知道各種離奇神祕的事。三年前他買下了普賴斯居，整修房子花了不少錢。他得過脊髓炎，半身不遂，不得不靠輪椅行動。我想他一定很難過，因為他太喜歡旅行了。當然，他財源滾滾，我說過了，他將那棟宅院修整得很漂亮，它原來殘破不堪，東掉一塊，西缺一片的。現在他家裡到處是華麗的東西。我相信他現在主要的興趣是去拍賣市場。」

普賴斯居只有幾英里遠。我們驅車到達時，主人推著輪椅到門廳來迎接我們。

「歡迎你們來，」他誠懇地說，「你們昨天一定累壞了，一切都很成功。羅妲。」

魏納博先生大約五十歲左右，瘦削的面孔上鷹勾鼻驕傲地挺立著，穿著略帶復古風的開領上衣。

羅妲替大家相互做了介紹。

「我昨天見過這位女士，」他說，「我買了六本她親筆簽名的書，準備當聖誕禮物。你寫得真是太好啦，奧利薇夫人。一定要繼續寫下去，再多也嫌不夠。」

他對金潔微笑道：「你讓我差點得到一隻活鴨，小姐。」然後轉身對我說：「我欣賞你上個月在《評論月刊》上的那篇文章。」

「真感謝你能來參加我們的園遊會，魏納博先生，」羅妲說，「在您送了一張金額很大的支票給我們之後，我實在不敢奢望您會親自光臨。」

「嗯，我很喜歡這類活動。英國鄉村生活中的一環，對吧？最後我抱了一個投環遊戲贏來的恐怖塑膠娃娃回家，又聽了咱們熙碧替我測算了不太真實卻令人愉快的遠景。她戴著金絲頭巾，身上還掛了很重很重的假埃及念珠。」

「好一個熙碧，」狄斯柏上校說，「我們今天下午要去和賽澤一起喝茶，那是個有趣的地方。」

「『白馬』？對。真希望那裡還是一家酒館。我總覺得那地方有一段神祕而不尋常的邪惡歷史，不會是走私，我們這兒離海不是太近。也許是攔路搶匪的度假勝地？可能一些富有的旅客在那裡住了一夜，就永遠從這世界上消失了。它現在變成三位老處女的住宅，這太令人覺得索然無味。」

「啊，我從來不認為她們是那樣的人！」羅妲叫道，「也許像熙碧那樣老是穿印度紗麗、戴著聖甲蟲護身符，又總是看見別人頭上有什麼雲氣，的確有點滑稽。可是賽澤不就有些令人害怕嗎？你說對吧？她能知道你腦子裡在想些什麼。雖然她並不明說自己有預測能力，但每個人都說她有。」

「還有貝拉，年紀還不大，就已經替兩個丈夫送過葬。」狄斯柏上校說。

「我真心希望她原諒我。」魏納博先生笑著說。

「鄰居說她有致人死亡的法力，」狄斯柏上校補充道，「要是有誰惹得她不高興，她只要看看那個人，那人就會生病死掉。」

「是呀，我忘了。她是個巫婆嗎？」

「黛安・卡索普太太是這麼說的。」

「巫術很有意思。」魏納博先生若有所思地說，「世界上有不同形式的巫術，我記得我在東非時……」

他談起這類往事生動有趣。他談到非洲的巫士，婆羅洲的神祕教派，還應許吃完午餐給我們看一些西非男巫的面具。

「這棟房子裡，什麼東西都有。」羅妲笑著說。

「哦，唉，」主人聳聳肩道，「如果沒辦法走出去經歷每件事，那麼只好把那些東西弄到家裡來看看。」

一時之間，他的聲音似乎帶著一種辛酸。

他迅速地看了一下自己癱瘓的雙腿。

「大千世界，無奇不有，」他說，「我想了解、想見識的東西太多了。唉！我這一生還不算過得太差，就是現在，生活裡也還有不少慰藉。」

「為何選擇在這兒呢？」奧利薇夫人突然問。

其他人都有點不安，好像感受到一種悲劇的氣氛似的。只有奧利薇夫人無動於衷。她想知道什麼就直接發問。

她的坦率和好奇，使氣氛又輕鬆了起來。

魏納博先生用一種不解的目光看著她。

「我是說，」奧利薇夫人說，「你為什麼來這兒住，住在這麼偏僻的地方？消息閉塞，與世隔離。是不是因為你有朋友在這裡？」

「不。既然你想知道，我就告訴你。我所以住這裡，是因為這裡沒有朋友。」

他的嘴角露出一絲淡淡的苦笑。

我心想，他的殘廢到底對他造成了多大影響？失去了到各地去探險的能力，是否深深傷害了他的心靈呢？

或者，他是否已憑著一種偉大的精神力量，憑著一股超凡的沉著，適應了這已變遷了的環境呢？

魏納博先生似乎知道我心裡在想些什麼，他說：「你在一篇文章裡，曾提到『偉大』這個詞語的含義，並比較了東西方對它的不同解釋。可是今天我們英國所謂的『偉人』，指的是什麼？」

「當然是指有非凡智慧的人，」我說，「而且還要加上有高尚的道德。」

他看著我，目光炯炯。

「那麼，形容壞人不能用『偉大』這個字眼囉？」他問道。

「當然可以，」羅妲說，「拿破崙、希特勒以及還有許多人，他們都是偉人。」

「是因為他們所產生的影響？」狄斯柏說，「但如果你了解他們本人，就不會有那種感覺了。」

金潔俯身向前把手指伸進她的那一頭紅髮裡。

「那是個有趣的想法。」她說，「或許，他們其實是可憐、矮人一截的小人物。趾高氣揚、裝腔作勢、自覺不得其志、決心要做名人——即使他們已把整個世界踩在腳下？」

「哼，不會的。」羅妲激烈地說，「如果他們是那樣的話，結果就不是那樣了。」

「這我不敢肯定，」奧利薇夫人說，「畢竟，連最傻的孩子也能輕易地用一把火燒掉房子。」

「唉，唉，」魏納博先生說，「我實在無法贊同這種貶低邪惡的現代說法，好像邪惡根本不存在似的。邪惡的確存在，而且力量很強大，有時甚至壓倒了良善。它就在那兒，你必須承認它，與它戰鬥。否則……」他攤開雙手。「我們只有陷入黑暗之中。」

「呃，我是在邪惡中長大的，」奧利薇夫人歉然說道，「我的意思是，我相信惡魔的存在。但你們知道，我一直以為它看起來很可笑。有像動物一樣的腳，還有尾巴什麼的，像個蹩腳的演員那樣上竄下跳。當然，我寫的故事都有一個主犯——讀者喜歡這樣——可是他們愈來愈難以處理。只要讀者不知道這主犯是誰，我都有法子讓他給人們留下深刻的印象，可是等他最後不得不現身出場的時候，看起來……他看起來，不知怎麼的，卻往往令人失望透頂。這可說是一種反高潮的手法。如果把情節改成一個銀行經理盜用公款，或者一位丈夫想除掉太太而娶孩子的家庭教師，便容易多了。如此這般也自然得多，你們應該能明白我的意思。」

大家都笑了起來，奧利薇夫人又語帶歉意地說：「我知道我解釋得不是很好……可是你們都了解我的意思吧？」

我們說，我們完全了解她的意思。

# 06

# （馬克・伊斯特的敘述）

我們離開普賴斯居時，已經是四點以後了。魏納博先生招待我們吃了一頓豐盛的午餐，然後帶我們參觀了整座屋子。他很樂意讓我們看他的各種珍藏，這棟房子裡也確實搜集了不少珍奇異玩。

「他一定家境闊綽，」我們離開後我說道，「看看那些玉，還有非洲雕塑，更別提他的東德瓷器什麼的了。你們有這種鄰居真幸運。」

「這我們難道不知道？」羅妲說，「這裡大部分的人都很好，就是有點死板。相較之下，魏納博先生有趣多了。」

「他靠什麼賺錢？」奧利薇夫人問，「還是他本來就很有錢？」

狄斯柏上校冷冷地表示，這年頭誰也不敢吹噓說自己繼承了一大筆錢，因為死亡稅和遺產稅已扣掉了許多。

「有人告訴我，」他補充說，「他本來是個碼頭工人，但看起來不太可能。他從未提過他的童年或家人。」他轉向奧利薇夫人說：「可以當你筆下的神祕人物。」

奧利薇夫人說，大家都愛向她提供一些她不想要的材料。

「白馬」是一棟磚木結構的房屋（貨真價實的磚木建材，一絲不假），離村鎮大街還有一段路。房屋後面有座帶圍牆的花園，有一種閒雅而古老的氣氛。

我感到有點失望，便說了出來。

「沒有半點邪惡的感覺，」我說，「沒有那種氣氛。」

「等你進去裡面再說吧。」金潔說。

我們才下車走到門口，門立刻就開了。

賽澤．格雷小姐站在門口，身材高瘦，身穿蘇格蘭呢外套和裙子，略帶點男人味。她粗硬的灰髮蓋在高高的前額上，有個大大的鷹勾鼻和非常銳利的淺藍色眼珠。

「你們總算來了，」她用粗嗓音熱情地說，「我還以為你們全都迷路了呢。」

我發現她背後黑暗的門廳裡，有一張臉孔正在窺視我們。那是一張奇怪而模糊的臉，像是個偶然竄進雕塑家工作室的孩子用泥土捏成的某個面孔。我覺得，那更像是在義大利或比利時的文藝復興前期繪畫中偶爾可看到的某種人群個像。

羅姐替大家相互介紹後，又解釋說我們剛在普賴斯居與魏納博先生吃過午餐。

「喲！」格雷小姐說，「原來如此！享受之家。他那個義大利廚子！再加上一屋子的珍藏。唉，可憐，一定要有點什麼讓他打起精神來。好，請進，請進。我們對寒舍還真有點自豪。十五世紀的建築，還有一部分是十四世紀的東西。」

門廳低矮陰暗，有一條旋轉樓梯通往上面。

門廳裡有個大壁爐，上面掛著畫。

「是從前酒館的招牌。」格雷小姐發現我在看畫，便解釋道，「這種光線下看得不太清楚。名叫『白馬』。」

「我給你們清洗一下，」金潔說，「我以前就說過。你把它交給我，結果一定會使你大吃一驚。」

「這我有點懷疑。」賽澤・格雷說，隨後又直率地補了一句：「而且萬一你把它弄壞了怎麼辦？」

「我當然不會弄壞，」金潔生氣地說，「那是我的工作。」

接著她對我解釋道：「我在倫敦美術館工作，滿有意思的。」

「我還需要點時間適應現代人修補舊畫的方法，」賽澤說，「我每次到國家畫廊去，都忍不住嘆氣，每一幅畫看起來都像在清潔劑裡泡過一樣。」

「要是那些畫看起來黑黑黃黃的，你也不會衷心欣賞。」金潔駁斥道，盯著酒館招牌說：「要是好好清理一下，看起來一定會清楚很多，馬兒上面或許還有個騎士呢。」

我也走過去看那幅畫。它的筆觸很粗糙，除了滿布塵土、看似年代久遠之外，毫無優點可言。

一匹白色的馬匹站在黑濛濛的背景前。

「喂，熙碧，」賽澤叫道，「客人在挑剔我們的『馬』了。真是傲慢無禮！」

熙碧小姐從門後走進來。

她是個苗條的高個子女人，頭髮烏亮，臉上堆著假笑，一張大魚嘴。

她穿著翡翠綠的印度紗麗，這並未使她外表更加出色。她的聲音微弱而模糊。

「我們最最親愛的馬兒喲，」她說，「我們一看見它就愛上它了。我確信是因為它，我們才買下了這棟房子。你說是不是，賽澤？啊，請進，請進。」

她帶我們走進一間小小的方形房間，可能是從前的酒吧間。現在它掛著印花棉布窗簾，擺著奇彭岱耳式的家具，一派鄉郊婦女的起居風格。房裡還有幾盆菊花。

然後主人帶我們去了花園，那花園夏天一定很迷人。最後回到屋子，茶點已準備好了，有三明治和自製蛋糕。我們坐下後，我先前在門廳裡瞥見的那個人，拿著一把銀壺進來。她穿著一件普通的深綠色上衣，即使是近看，仍然感覺她那張臉孔就像是被小孩用泥巴胡亂捏成的一般，那是一張愚笨幼稚的面孔。不知為什麼，我還感到隱含一種邪惡。

突然，我對自己生氣。

什麼改建過的酒館及三個中年婦女，真是無聊透頂！

「謝謝你，貝拉。」賽澤說。

「你們需要的都有了嗎？」

聽起來幾乎像是在咕噥。

「是的，謝謝。」

貝拉走到門口。之前她並未正眼看任何人一眼，可是就在走出去前，她忽然迅速地瞥了我一下。

那眼神之中有一種東西使我感到震驚……我很難去解釋為何會產生這種感覺。她的眼神含著惡意，帶著好奇，我不費任何吹灰之力便了解到這一點，而且她彷彿一下子就看透了我內心的想法。

賽澤．格雷察覺到我的反應。

「貝拉常會令人感到緊張。對吧，伊斯特先生？」她輕聲說，「我發現她看了你一眼。」

「她是本地人嗎？」我竭力表現出我只是禮貌上發問。

「是的。我想一定會有人告訴過你，她是我們本地的女巫。」

熙碧．史丹福敲著她的念珠。

「老實說吧，伊、伊……」

「伊斯特。」

「伊斯特先生，我相信你聽說過我們都會巫術。你承認吧。我們很受敬重，你知道……」

「並不是徒有虛名，」賽澤說，她似乎很興奮。「熙碧的確有天賦。」

熙碧高興地呼了口氣。

「我一向對神祕的力量著迷，」她低聲說，「而且從小就知道自己有一種特殊的能力。我常會莫名其妙地寫出一些連自己都不懂的東西。我會坐在那兒，手上拿一枝鉛筆寫個不停，可是我並不知道發生了什麼事。當然，我的感覺超級靈敏。有一次我到一個朋友家喝下午茶時昏倒了。那個特殊的房間發生過可怕的事……難怪！後來我們才知道是怎麼回事。那兒發生過一樁謀殺案，就在二十五年前！就在那個鬼地方！」

她點點頭，然後用滿足的目光環顧著我們。

「真厲害。」狄斯柏上校客氣地附和了一下。

「就是這間屋子也發生過怪事，」熙碧陰沉地說，「不過我們已經採取了必要的措施。地下的鬼魂已經被解放了。」

「是不是像春季大掃除那樣把它們清掃掉了？」我問。

熙碧疑惑地看著我。

「你這身印度紗麗的顏色真漂亮。」羅妲說。

熙碧的臉色又好了起來。

「是的，我在印度買的。我在那兒過得很有意思。你知道，我探究了瑜伽及其他許多東西。但我一直覺得那些都太矯揉造作了，不夠自然和原始。我覺得，一個人應該去體驗那些原始的力量。我就是到過海地的少數幾個女人。只有到那兒才能真正接觸到神祕力量的源頭。當然，它現在已難免被扭曲、竄改了。可是根源還是在那裡。

「他們給我看了不少東西，尤其是知道我有兩個比我大一點的雙胞胎姐姐後。他們告訴我，雙胞胎之後出生的孩子，都有一種非凡的能力。真有趣，對吧？他們的死亡舞蹈真精采。死人、骷髏頭和兩根交叉的骨頭，還有掘墓人的鏟子、鑿子、鋤頭，場面真是浩大。他們戴著像主持喪事者的高帽子、黑衣服……

「祭典的主人是薩默迪男爵，召喚雷格巴[6]前來，他是專門『除掉障礙』的神。你送走死者，以便召喚死亡……多麼詭異的觀念，對吧？」

「就是這個，」熙碧起身到窗台上拿了一樣東西，說道，「這個就是我的寶物。它是用葫蘆加上一個珠網做成的……你們看到這些了嗎？乾掉的蛇背椎骨。」

我們雖然沒什麼興趣，還是禮貌地看了看。

熙碧寶貝似地把她那些恐怖的物器弄得嘎嘎作響。

「非常有意思。」狄斯柏上校禮貌地說。

「我還可以告訴你們更多的事情……」

這時，我正在神遊。當熙碧繼續說著她對巫術的種種體驗時，我卻朦朦朧朧地聯想起陰陽交界的守門人衛凱福[7]、柯亞和紀德家族……

我一轉頭，發現賽澤正用一種奇怪的目光看著我。

「你一點都不信，對吧？」她喃喃道，「你錯了。你得明白，你不能把什麼都解釋成迷信、恐懼或宗教偏見。世界上的確有自然的真理和力量。從前有，今後也總會有。」

「我想這點我不反對。」我說。

「聰明人。去看看我的書房吧。」

我跟著她跨過落地窗，走進花園，漫步到房子的另一頭。

「是以前的馬槽改建的。」她解釋道。

改建後的房間相當寬敞。整個牆壁的架上都排滿書籍。我走過去一看，立刻驚呼起來。

「你這裡有不少珍藏本哪。格雷小姐，這本是《女巫之槌》[8]的原版嗎？天啊，你真有些寶貝。」

「可不是嗎？」

「那本魔法書真的非常罕見。」

我從書架上一本又一本地取下書來。賽澤看著我。她的神情中有一種默默的滿足，但我

6 雷格巴（Legaba），海地巫毒教信奉的神。

7 衛凱福（Maitre Carrefour），所有巫術的守護者。

8 一四五〇至一五六〇年歐洲宗教改革期間，許多婦女因被加諸女巫的罪名而受到審判。德國宗教法庭審判官司布倫格（Jacob Sprenger）及克雷默（Heinrich Kramer）於一四八四年出版了《女巫之槌》（*Malleus Maleficarum*）這本女巫審判手冊，作為人們審判女巫時的參考。

卻不太了解。

我放回手上的那本《女巫及鬼魂存在之證據大全》[9]，賽澤說：「能遇見欣賞自己珍藏品的知音真好，大部分人看到這些東西只會打哈欠或是目瞪口呆。」

「我想關於巫術、驅鬼之類的奧祕，你一定沒什麼不知道的，」我說，「你是怎麼開始對它感興趣的呢？」

「現在很難說清楚了，時間已很久了……最先好像是隨便看看，然後就不可自拔！這是很有意思的研究。探究人們相信的東西……也了解他們都做了些什麼蠢事！」

我笑了。

「真讓人耳目一新。我很高興你並不盡信書上寫的事。」

「你不能根據可憐的熙碧來判斷我。哦，是的，剛才我看到你帶著一種不屑的神情！但你錯了。在許多方面，她是個蠢婦。她相信巫毒、鬼神、魔法，把這一切加起來混成燦爛奪目的神祕力量大總匯，但她的確有法力。」

「法力？」

「我不知道除此之外你能怎麼稱呼它……有的人能溝通我們這個世界與另外一個神奇的魔力世界。熙碧就是其中之一。她是個一等靈媒。但她做這種事不是為了錢。她這方面很有天賦。每次她、我和貝拉……」

「貝拉？」

「哦，是的，貝拉也有魔力，我們都有。只是強弱程度不一樣。當我們結合在一起的時候……」

她中斷了一下。

「像個女巫有限公司。」我笑著插嘴說。

「可以這麼說。」

我看看手裡拿著的一本書。

「就像諾斯特拉達穆斯[10]這樣的預言家？」

「是的。」

我平靜地說：「你相信它，對吧？」

「我不是『相信』，我嫻熟。」她得意洋洋地說。

我看著她說：「可是怎麼熟法？嫻熟什麼？為什麼要嫻熟？」

9 《女巫及鬼魂存在之證據大全》（*Saducismus Triumphatus*），作者為兼具哲學家及作家身分的英國教士格蘭維爾（Joseph Glanvill, 1639-1680）。此書分兩部，第一部探討女巫及鬼魂存在之可能性，第二部為其存在之實例。書中收錄了許多十七世紀關於女巫的民謠。

10 諾斯特拉達穆斯（Michel de Nostradamus, 1503-1566），猶太裔法國人，是著名的預言家，其預言大都以四行詩方式呈現。一五六六年七月一日，他的神父對他說：「明天見。」他答說：「明天日出時你會發現我已不在人世。」這是他生前最後一個預言，當晚他即去世。

她的手朝整排書架一揮，說：「那些東西！大都是胡說八道、荒謬可笑的術語！但撇開迷信和偏見的部分不談，它的核心部分卻是真理！只不過被包裝起來罷了，真理一向經過包裝，為了給人更深刻的印象。」

「我不太懂你的意思。」

「親愛的，為什麼多少世紀以來，人們都求助於巫師、術士和巫醫？只有兩個真正的原因，只有兩件事，會讓人們不顧一切去爭取，那便是春藥和毒藥。」

「噢。」

「很簡單，對吧？愛，和死。有了春藥，就可以得到你想要的男人；用黑色彌撒，可以留住你的情人。在月圓之夜喝下一口，唸出魔鬼或者鬼魂的名字，在地上或牆上畫些符咒……那些都是表面的花樣而已。那一口春藥才是真的！」

「那麼死亡呢？」我問道。

「死亡？」她笑了一下，那種短促而奇怪的笑聲使我很不自在。「你對死亡很感興趣嗎？」

「誰不呢？」我輕聲說。

「才怪。」

她用探尋的目光銳利地看了我一眼，讓我一陣心驚。

「死亡，比起單純的春藥複雜多了。但是，過去人們一直對它抱著很幼稚的看法！波吉亞家族[11]以其祕密毒藥而揚名。你知道他們真正的大祕方嗎？最原始的砒霜！任何偏僻後街的小婦人都會使用的毒藥。可是現在我們已前進了一大步。科學擴大了我們的疆域。」

「用不會留下痕跡的毒藥？」我懷疑地問道。

「毒藥！真是老套。小孩子的玩意。有更新式的方法了。」

「譬如……」

「大腦。大腦是什麼、有何功能、能利用它做些什麼，這種種知識。」

「請說下去，這非常有意思。」

「基本原理眾所皆知，那些未開化社會中的巫醫已使用過許多世紀了。你用不著真的去殺死你的敵人。你要做的僅僅是……叫他去死。」

「鼓勵嗎？但如果被害者不信這一套，那不會有效果的。」

「你的意思應該是，對歐洲人不一定有效，」她糾正我說，「有時會有效。但問題的關鍵不在這裡。我們已經比巫醫進步多了。心理學家已經告訴了我們方法。只要有死的意願！這種意願每個人都有。在這上面花工夫，在死亡意願上下工夫！」

11　波吉亞家族（Borgia），崛起於義大利文藝復興時期的一個西班牙裔家族。此家族男男女女皆才華洋溢，無惡不作，讓當時的人們又羨慕又厭惡。與著名的梅迪奇及史福才等家族為敵。

「的確是個有趣的念頭。」我帶著些許科學性的興趣輕聲說，「讓對方產生自殺的念頭，對吧？」

「你還沒抓到要領，你有沒有聽說過『精神創傷性疾病』？」

「當然聽說過。」

「有的人在潛意識中不願回去工作，就真的病了……不是裝的，而是真的出現病症，有真實的疼痛。很久以來，醫生們一直無法解釋這種現象。」

「我開始了解你的意思了。」我緩緩地說。

「為了毀滅對方，必須在他的潛意識中埋下一種能量，必須喚起存在於我們每個人身上的死亡意念。」她愈說愈興奮。「你不明白嗎？必須仰賴那個想死的念頭，使對方真的生病。讓他覺得自己生病了、想死……於是，他就真的生病了，然後死亡。」

此刻，她驕傲地昂著頭，而我卻突然感到一陣冰冷。當然，這些全都是無稽之談。這個女人有點瘋瘋癲癲。

可是……

賽澤．格雷忽然笑了起來。

「你不相信我的話，對吧？」

「這是一種很有趣的理論，格雷小姐，與現代思潮同步，我不敢反駁。但你要如何激起被害者心裡那種人人都具有的死亡意願呢？」

「靠方法、手段！那是我的祕密。有一些不需靠接觸的聯繫方式。你只要想想無線電、雷達、電視的原理就會明白。超感覺力的實驗，目前開展得還不夠，因為人們沒有抓住那最重要的簡明原則。有時你可以靠運氣碰到——但只要你知道它是怎樣發揮功能的，你就可以經常……」

「你能做到？」

她並未立刻回答，而是走開幾步後說：「伊斯特先生，你不能要求我說出所有的祕密。」

我跟著她走向花園門口。

「你為什麼要告訴我這些？」我問。

「你了解我的藏書。一個人有時需要與其他人聊聊。此外……」

「什麼？」

「我有種感覺，貝拉也是……你，或許需要我們。」

「需要你們？」

「貝拉覺得你來這兒，是來找我們的。她很少出錯。」

「我為什麼想……如你所說的，『找』你們？」

「那，」賽澤．格雷輕輕地說，「我還不知道。」

# 07

## （馬克·伊斯特的敘述）

「原來你們在這裡！我們正奇怪你們去了哪兒呢。」羅妲從開著的門那邊走過來，其餘的人跟在她後面。她環顧了一下四周，說：「這就是你們舉行降神會的地方，對吧？」

「你的消息真靈，」賽澤·格雷輕鬆地笑著說，「小村子就是這樣，每個人都比你本人還了解你自己的事。我已聽說了我們的名聲很不好。如果是在一百年前，我們恐怕要被淹死在水裡，或者用柴堆燒死。我的高曾姑姑——或者還要更早一輩兩輩——就是被當成女巫燒死的，那是在愛爾蘭。那個年代就是那樣！」

「我一直以為你是蘇格蘭人。」

「先父是的，所以我才具備了預知力。先母是愛爾蘭人。熙碧是我們的女巫，她是希臘人。貝拉，古老英國的代表。」

「恐怖的人類大拼盤。」狄斯柏上校評論道。

「隨你怎麼說。」

「有意思！」金潔說。

賽澤．格雷飛快地瞥了她一眼。

「是的，從某方面來說是那樣。」她轉身對奧利薇夫人說，「你可以寫　本用巫術殺人的小說。我可以提供你不少材料呢。」

奧利薇夫人眨眨眼，顯出有點為難的樣子。

「我只寫普通的謀殺案。」她歉然說道。

她說話的口氣，就像一個人在說：「我只會做家常菜。」

她又補充說：「只是一些人想除掉另一些人，而且設法不留下痕跡。」

「我覺得他們通常都太聰明了，」狄斯柏上校看了看手錶又說：「羅妲，我想……」

「哦，對，我們該走了。沒想到已經這麼晚了。」

向主人道謝告別後，我們沒有從屋子直接出去，而是繞到了側門。

「你們養了不少家禽。」狄斯柏上校看著用鐵絲圍著的家禽欄說。

「我最討厭雞，」金潔說，「叫得煩死人了。」

「大部分是公雞。」說話的是貝拉，她剛從後門出來。

「白公雞。」我說。

「準備拿來當上桌的佳餚？」狄斯柏問。

貝拉說：「牠們對我們很有用。」

她的嘴在肥胖滾圓的臉上形成一條長弧線，眼中流露出狡詐的神色。

「牠們專供貝拉使用。」賽澤．格雷輕聲說。

我們正在告別時，熙碧．史丹福從開著的前門走過來，送客人離開。

「我不喜歡那個女人，」車子開動後，奧利薇夫人說，「我一點都不喜歡她。」

「別把老賽澤的話太當真。」狄斯柏上校用寬容的口吻說，「她就喜歡滔滔不絕地談論那一套，看看別人有何反應。」

「我不是指她。她是個不知天高地厚的女人，一有機會，就咬住不放，但她沒有另外那個危險。」

「貝拉？我承認她是有點不同尋常。」

「我也不是說她。我是指熙碧。她看起來很傻，戴了那麼多念珠和護身符，還有她講的那些巫毒和轉世的故事（為什麼轉世的不是女傭或又老又醜的農夫，而是埃及公主或美麗的巴比倫女奴，真奇怪）。可是儘管她不太聰明，我卻感到她應該真有兩下子，能讓怪事發生。我習慣把事情往壞處想……但我感覺她會被利用，因為她很蠢。我不敢奢望你們了解我的意思。」她悲哀地說。

「我了解。」金潔說，「而且，我並不認為你的話是錯的。」

「我們真該參加一次她們的降神會，」羅妲渴望地說，「說不定很有趣。」

「不行，你不能參加，」狄斯柏上校堅決地說，「我不准你扯上那種事。」

他們笑著爭辯一會兒，我卻陷入了沉思。後來奧利薇夫人問起第二天早上的火車班次。

「你可以和我一起坐我的車回去。」我說。

奧利薇夫人懷疑地說：「我想我最好還是坐火車……」

「唉，別這樣嘛。你以前坐過我的車。我是個很可靠的司機。」

「我不是這個意思，馬克。我明天要去參加一個葬禮。一定要趕回去，不能遲到。」她說，「我最痛恨參加葬禮。」

「你一定得參加嗎？」

「我想這回是逃不掉了。瑪麗．德拉方丹是我的老朋友，我想她一定會要我去。她就是那種人。」

「對了，」我喊道，「德拉方丹，是啊。」

其他人驚訝地看著我。

「對不起，」我說，「只是……這，呃，我只是在想，我最近在什麼地方聽說過德拉方丹這個姓氏。是你提過的吧？」我看著奧利薇夫人說：「你說過要去療養院看她。」

「我說過了嗎？很有可能。」

「她是怎麼死的？」

奧利薇夫人皺皺眉頭說：「神經中毒之類的吧。」

金潔好奇地看著我，目光敏銳犀利。

我們下車時，我突然說：「我想出去散散步。剛才吃多了。豐盛的午餐再加上茶點，得消化消化。」

不等任何人有開口的機會，我便迅速走開了。我急需整理一下自己的思緒。

這到底是怎麼回事？至少我自己得弄明白。整件事是從帕比隨口說出的那句令人吃驚的話開始的：「如果你想『除掉一個人』，那最好到『白馬』去。」

後來，我遇到了吉姆．科雷根和他那張奇怪的「名單」，以及與此有關的戈曼神父之死。那張名單上有赫斯基杜波、塔克頓，這讓我回想起在路易咖啡館的那一晚。名單上也有德拉方丹這個名字，所以有點耳熟。然後是奧利薇夫人提起過她一位生病的朋友叫德拉方丹。這位生病的朋友現在已經死了。

接下來，我自己也不清楚是什麼原因驅使的，我去了帕比工作的花店找她。而帕比卻堅決否認自己知道「白馬」的任何事情。更重要的是，帕比感到恐懼。

今天，又遇見了賽澤．格雷。

但顯然，「白馬」以及那裡的一幫人是一回事，而那份名單又是另一回事，互不相干。

但為什麼我在腦子裡總是把它們攪在一起呢？

為什麼我曾經認為它們有關聯呢？

德拉方丹太太大概住在倫敦，棠瑪希．塔克頓住在薩里郡一帶。那張名單上的人與馬奇迪平這個小村莊沒有任何關聯。除非……

我正巧走到「國王紋章」酒館，酒館外觀高雅大方，招牌上還剛剛漆上了「午餐、晚餐、茶點供應」幾個字眼。

我推門走到裡面。左邊的酒吧尚未開始營業，右邊是一間散發著濃烈菸味的小吸菸室。樓梯口有個「辦公室」的標誌。辦公室外面是一扇大玻璃窗，還緊緊關著。另一個牌子上寫著「請按鈴」。整個地方這時都瀰漫著一種荒涼的氣氛。辦公室窗外的架子上有一本訪客登記簿。我隨手打開看看，沒什麼客人。一週或許只有五、六個，大多數都只住一個晚上，我隨便看了看來客的名字。

一會兒，我便闔上了登記簿。四周仍舊空無一人，不過此刻我也不想打聽什麼事情。於是我便回到午後戶外那溫和而溼潤的氛圍裡。

去年，有位叫桑福德和帕金森的到過國王紋章酒館，這是不是巧合？這兩個姓氏都出現在科雷根的名單上。當然，這兩種姓並不少見，可是我還發現了另外一個名字——馬丁．迪格比。要是這個馬丁．迪格比是我認識的那位，那他就是我一向稱作「敏姑」的赫斯基杜波夫人的侄孫了。

我大步向前走著，很想找個人聊聊。不管是吉姆．科雷根、大衛．亞丁利或者一向冷靜敏感的赫米亞都行。總之，我希望遇到一個能幫助我解開腦中謎團的人。

在泥濘小巷中徘徊了大約半小時後，我最後轉進了牧師公館的大門口，走上路面很差的車道，按下了前門邊已生鏽的門鈴。

§

「門鈴壞了。」黛安．卡索普太太說。

她像個妖怪一樣，突然出現在門後。

果然不出我所料。

「叫人來修過兩次了，」黛安．卡索普太太說，「可是沒多久又壞了。所以我只好隨時注意，免得耽誤要事。你有重要的事，對吧？」

「這，呃，是的，是很重要……我的意思是，對我很重要。」

「我也是這樣想，」她若有所思地看著我，又說：「是的，事情糟得很，我看得出來。你想找誰？牧師？」

「我……我也不清楚……」

我來這兒本來是想看牧師的，可是現在，我突然猶豫了，也不知道是為什麼。但是黛安．卡索普太太馬上告訴我說：「我丈夫是個很好的人，我是說，他不但是個牧師，人也很好。因此有時便辦不好事。你知道，好人不能真正了解邪惡。」她停了一停，然後直截了當地說：「我想還是找我比較好些。」

我微微一笑，問道：「邪惡是你的專長？」

「哦，是的。管理一個教區，了解區內各種邪惡的事是十分重要的。」

「那不是你丈夫的職責嗎？」

「他的職責是寬恕別人的罪孽，」她糾正我說，「他能接受別人的懺悔，而我則不能。但是我，」黛安．卡索普太太十分開心地說，「能替他將罪惡編排、分類。懂得這些之後，就可以使其他人避免受到同樣的傷害。一個人是無法幫助別人的……我是說，我就不能。只有神才能讓人悔改，你知道……或許你不知道。現在許多人都不知道這些。」

「我的專業知識比不上你，」我說，「可是我希望能阻止別人被……傷害。」

她飛快地看了我一眼。

「這樣嗎？你最好進來，我們也會輕鬆自在些。」

牧師公館的客廳大而簡陋，大部分的光線被一株似乎無人能約束的維多利亞巨型灌木遮擋，但房間裡並不因此而顯得幽暗，相反的給人一種舒適的感覺。大而破舊的椅子，一看便知多年來有許多人在上面休息過。壁爐上方有座大鐘，沉重而規則地發出悅耳的擺動聲。一進這個房間，便覺得心情暢快，可任意地暢所欲言，忘掉外面那個喧騰世界所滋生的煩惱。

我可以想像，在這兒，某個圓眼睛女孩，為了自己即將成為未婚母親而煩惱地向黛安．卡索普太太哭訴，而她得到的勸告雖不一定合乎傳統，卻有些幫助；也在這兒，憤怒的親戚吐露心中對姻親的不滿；在這兒，一個母親心急地解釋她的鮑勃並不是壞孩子，只是精力太充沛，把他送到管教中心實在太嚴厲。丈夫們和妻子們也在這兒傾吐婚姻生活中的難題。

而此時此刻，我，馬克・伊斯特——學者、作家，芸芸眾生中的一員，準備向一個滿頭灰髮、滿面風霜、眼睛美麗的婦人，訴說我的煩憂。為什麼？我並不知道。我只是有一種奇怪的感覺，覺得要找的就是她。

「我們剛到賽澤・格雷家喝完下午茶。」我開口道。

與黛安・卡索普太太聊天很容易投機，她應答如流。

「哦，我知道。正是這攪得你心神不寧？我也認為那三個人實在讓人受不了。我也曾起過疑心。如此喜歡誇耀……憑我過去的經驗看，真正邪惡的人是不愛自誇的，他們把邪惡都藏在心裡。只有罪惡不深的人才想把它吐出來，罪惡是如此可恨、低賤且卑鄙的小東西，所以一定要讓它看起來有分量、很重要。鄉下的女巫通常就是些壞脾氣的傻老太婆，專門喜歡嚇唬人，無中生有。當然，這些都易如反掌。要是布朗太太的母雞死了，女巫只要點點頭，陰森森地說：『哼，上星期二，她的比利欺負了我的貓咪。』貝拉・韋布大概就是那種女巫。但她也許，只是也許，是更厲害的女巫……那種自古以來即已存在、如今偶爾在鄉下出現的女巫。果真如此，就很可怕了，因為她心裡藏著真正的惡毒，並不僅僅是想嚇嚇人。熙碧・史丹福是我見過的最蠢的女人之一，但她真的是一個靈媒，不管是哪種靈媒。賽澤・格雷……我就不知道了。她跟你說了什麼？是她說的話讓你感到不安，我猜得對不對？」

「你的經驗真豐富，黛安．卡索普太太。依你的所見所聞，是否一個人與另一個人沒有任何身體的接觸，便可以從遙遠的地方毀滅對方？」

黛安．卡索普太太的眼睛張大了一點。

「我想，你所說的『毀滅』，事實上便是『殺人』吧？」

「對。」

「我覺得是無稽之談。」黛安．卡索普太太堅定地說。

「啊！」我說，鬆了口氣。

「不過我也可能錯了，」黛安．卡索普說，「家父曾說，汽船的發明是一派胡言，我的曾祖父大概也說，火車的發明是一派胡言。他們說得都對，在他們那個時代，汽船和火車的確不可能存在。可是現在都實現了。賽澤做了什麼，發射死光什麼的嗎？或者她們三個都畫了五角星星而且許了願？」

我笑起來。

「你說到了要害，」我說，「我一定是受了那個女人催眠。」

「哦，不。」黛安．卡索普太太說，「你不可能。你不容易受別人的暗示所影響，一定還有別的什麼事，發生在這之前。」

「你說得真對。」我說。

然後，我簡明扼要地敘述了戈曼神父之死，以及那天晚上第一次聽到的關於「白馬」的事。最後，我從衣袋裡拿出從科雷根那兒抄來的名單。

黛安．卡索普太太皺著眉，低頭看完名單。

「我明白了，」她說，「這些人是幹什麼的？他們有什麼共同之處嗎？」

「我們還不確定。可能是勒索，或者是販毒……」

「亂扯，」黛安．卡索普太太說，「你憂慮的不是這些。你其實是認為……他們全都死掉了？」

我深深吸了口氣。

「是的，」我說，「那是我的看法，但不知道對不對。他們之中的三個人死掉了：赫斯基杜波、棠瑪希．塔克頓和瑪麗．德拉方丹。三個人都是自然死亡在她們的床上，就像賽澤．格雷所說的那樣。」

「你的意思是，她聲稱那些死亡是她造成的？」

「沒有，沒有。她沒有提到任何具體的人。她只敘述了她認為可能發生的某種情形。」

「表面上看起來很荒謬。」黛安．卡索普太太若有所思地說。

「我知道。如果不是那個女孩提到『白馬』時的奇特表情，我會把這件事當成笑話自己笑笑。」

「是的，」黛安．卡索普沉思著。「『白馬』，的確很有暗示性。」

她沉默了一會兒，然後抬起頭。

「不妙，」她說，「非常不妙。不管幕後隱藏著什麼，你知道一定得想辦法阻止。」

「是啊……但我們能做什麼呢？」

「那你就得去查查了。情勢緊迫，不能再浪費時間了。」黛安・卡索普太太飛快地站起來。「你必須去調查這些事……馬上去。」她補充道：「你有沒有什麼朋友能幫你的忙？」

我思索著。吉姆・科雷根？他是個大忙人，一定抽不出時間，而且他可能也真幫不上什麼忙。大衛・艾丁里……但他會相信這種事嗎？赫米亞？對，就是赫米亞。她頭腦清晰，擅長邏輯推理。如果能說服她，一定會大有幫助。而且，她和我……我沒再想下去。總之，赫米亞是我的穩定力量……赫米亞是最佳人選。

「你已想到人選了？很好。」

黛安・卡索普太太明快地說：「我會盯住那三個女巫。我仍然覺得她們……不是問題的關鍵。這就好像那個叫史丹福的女人說上一大套埃及預言和金字塔古文，雖然是漫無邊際，可是金字塔經文和古廟的確有其神祕之處。我不禁認為賽澤・格雷掌握了某件事，可能經由親眼所見，或是別處聽來的，而且她正胡亂地利用這件事吹噓自己的重要性，表示她可以控制神祕的力量。邪惡的人總是很自大，而善良的人則從不覺得自己了不起。很奇怪，對吧？這便是基督教教人要謙遜的結果。我想，好人甚至根本不知道自己有多麼好。」

她沉默了一會兒又說：「我們現在真正需要的，是找出某種關聯。名單上的任何一個人與『白馬』的關聯，實實在在的關聯。」

# 08

雷振聽見外面走廊上響起〈歐弗林神父〉這首著名曲調的口哨聲，便抬起頭來，這時正好科雷根醫生走了進來。

「對不起，打擾各位了，」科雷根說，「但開那輛捷豹的駕駛根本沒喝酒，艾里斯在他身上聞到的味道，若不是口臭，便是想像出來的酒味。」

但此刻雷振對日常的汽車違規事件並不感興趣。

「過來看看這些。」他說。

科雷根接過信。信上的字體纖細整潔。發信的地址是伯恩茅斯格倫道爾區的艾佛勒斯特宅。信上寫道：

親愛的雷振警官：

你大概還記得，你曾要求我，如果碰巧見到戈曼神父遇害那晚跟在他身後的那個男人，便與你聯繫。我一直留意我藥房附近的情況，但沒有見過他。

但是，昨天我參加了一個距此地二十英里左右的小村莊所舉辦的教區園遊會。我之所以去，是由於聽說著名的偵探小說家奧利薇夫人要去為自己的書簽名。我是個偵探小說迷，很想看看她的風采。

令我十分意外的是，我看到了戈曼神父遇害那晚經過我藥房門口的那個男人。看起來，自那件事以後，他發生了意外事故，我昨天看到他時，他正坐在輪椅上。我打聽他是誰，別人告訴我，他是當地的居民魏納博，住在馬奇迪平村普賴斯居。據說他很富有。

希望這點零碎的消息能幫助你。

查考利・奧斯本　敬呈

「怎樣？」雷振說。

「看起來很不可能。」科雷根沮喪地說。

「表面看來或許是這樣。但我不敢肯定……」

「那個叫奧斯本的傢伙……在那種濃霧的夜晚，根本不可能看清任何人的面孔。我猜這只是巧合。你知道一般人的通病，喜歡到處說自己看到了一個失蹤的人，結果十有九次他看到的那個人連失蹤者的畫像都不像。」

「奧斯本不是那種人。」雷振說。

「他是哪種人？」

「他是個精明可愛的小藥劑師，很守舊，有個性，對人有很強的觀察力。他一生最大的願望便是能出面指認到他藥房買過砒霜的殺妻凶手。」

科雷根笑著說：「是嗎，這顯然是異想天開的事。」

「也許吧。」

科雷根好奇地看著雷振說：「看來你覺得有些搞頭？你打算怎麼辦？」

「反正，私下訪查一下這個……」他瞥了信一眼又說：「住在馬奇迪平村普賴斯居的魏納博先生，也沒什麼損害。」

# 09 （馬克．伊斯特的敘述）

「鄉下所發生的事真刺激！」赫米亞淡淡地說。

我們剛用完晚餐。一壺咖啡擺在我們面前。

我看著她。她的反應出乎我的意料。我剛才花了十五分鐘向她敘述我的故事。她帶著興趣機敏地聽完了它。然而她的反應卻令我失望。她的語氣含著一種寬容……好像既不震驚也未受干擾。

「人們常常說鄉下無聊，城裡好玩，他們根本不知道自己在說什麼。」她接著說，「搖搖欲墜的茅房裡，隱藏著快要絕跡的女巫，墮落的年輕人依然在偏僻的莊園裡舉行黑彌撒。與世隔絕的小村莊充斥著迷信。中年老處女敲著假聖甲蟲舉行降神會，還有筆仙閃閃發光地在白紙上滑動。這些東西真夠人寫出一連串的有趣文章了。你為什麼不試著寫寫看呢？」

「我認為你還是沒有真正弄懂我告訴你的這些事，赫米亞。」

「我懂呀，馬克！我覺得這些都非常有趣。是歷史上的重要一頁，中世紀殘存而幾乎被忘卻的傳統信仰。」

「我不是對歷史感興趣，」我生氣地說，「我感興趣的是事實，是一張紙上的名單。據我所知，那張名單上的人，有的已發生了事故。那剩下的人會發生什麼事，或者已經發生了什麼事呢？」

「你不覺得你有點走火入魔了嗎？」

「不，」我堅定地說，「我不這樣想。我認為威脅確實存在。而且不僅是我一個人這樣想，牧師太太也同意我的看法。」

「哼，牧師太太！」赫米亞的口氣輕蔑。

「不，不要用那種口氣！她是一個很特別的女人。這件事確實存在，赫米亞。」

赫米亞聳了聳肩。

「也許吧。」

「你不這樣想？」

「我覺得你的想像力太豐富了點，馬克。我敢說你那些中年老小姐真心相信那類事情，我確信她們都是一些壞心眼的老小姐！」

「但算不上陰險邪惡？」

「你真是的，馬克，那怎麼可能呢？」

我沉默了一會兒，心裡琢磨著……從光明想到黑暗，又從黑暗想到光明。「白馬」代表黑暗，赫米亞代表光明。美好的、每日都感覺得到的光明……一如固定在燈座上的燈，能照亮所有黑暗的角落。那兒什麼異樣都沒有，只有你每天都會在屋裡看到的東西。但是，但是……赫米亞的光，雖然能照亮事物，但畢竟是人造的光明。

我的心思又回到了原點，果決，執拗。

「我要調查這件事，赫米亞，我一定要弄個水落石出。」

「我贊成，我想你應該那樣做，可能會很有意思。真的，一定很好玩。」

「不是好玩！」我厲聲說道。接著我又問：「我想問你，你幫不幫我，赫米亞？」

「幫你？怎麼幫？」

「幫我調查。看看這到底是怎麼回事。」

「可是親愛的馬克，我最近很忙，要為雜誌寫文章，還有關於拜占庭那些事情，我還答應兩個學生……」

她繼續慢條斯理地往下講，我根本聽不進去。

「我懂了，」我說，「你要做的事情很多。」

「是的。」

赫米亞對於我能了解鬆了口氣，她對我笑笑。可是我馬上又被她那種寬容的表情嚇了一跳。那就像母親看著她的小兒子專心玩新玩具的那種溺愛和寬容。

見鬼去吧，我不是小男孩了，我也不想找個母親——赫米亞那樣的母親我絕對不要。我自己的母親既漂亮又開朗，每個人，包括她的兒子，都樂意與她相處。

我冷靜地打量著桌子對面的赫米亞。

她是那麼漂亮，那麼成熟，那麼理智和博學。卻又……該怎麼形容呢？如此……對，如此乏味無趣！

§

第二天早上，我試著與科雷根聯絡，但沒找到他。我留言告訴他我六點至七點之間在家，邀請他來家裡喝一杯。他是個大忙人，這我知道，所以對他是否能接獲這個緊急通知前來，抱著懷疑態度。可是六點五十分時他居然來了。當我給他倒威士忌時，他隨便看了看我的照片和圖書。最後他說，他想做個蒙古皇帝，而不願做個工作壓力大的法醫。

「不過，我敢說，」他一邊坐下一邊說，「他們在女人那方面一定有不少麻煩。至少我沒有這種拖累。」

「那麼，你還沒結婚？」

「當然還沒有。我想你也未婚吧，從你這個凌亂卻舒適的家居環境就看得出來。一個太太會馬上將這裡收拾乾淨。」

我告訴他，我不認為女人有他想的那麼糟。

我拿著酒在他對面坐下，接著說：「你一定很納悶，我為什麼這麼急著找你。說實在的，是因為發生了一些可能與我們上次談話有關的事。」

「什麼事……哦，對了，戈曼神父的事。」

「對。可是首先，你對『白馬』這兩個字有什麼印象嗎？」

「白『馬』……『白』馬……不，沒有。你為什麼問我這個問題？」

「因為我覺得它可能與你給我看的名單有關。我最近和一些朋友去了鄉下，那地方叫馬奇迪平村，他們帶我去了一個老酒館……或者說曾經是個酒館，名叫『白馬』。」

「等一下！馬奇迪平？馬奇迪平……是不是在伯恩茅斯附近？」

「離伯斯茅斯大約十五英里左右。」

「你在那兒有沒有碰到一個叫魏納博的人？」

「當然碰到了。」

「你碰到了？」科雷根興奮地坐正。「你這人真是無孔不入！他是個什麼樣的人？」

「他很特別。」

「是嗎？哪方面特別？」

「主要是在個性方面。雖然他因為脊髓炎而完全殘廢了……」

科雷根飛快地打斷我的話：「什麼？」

「幾年前他患了脊髓炎，腰部以下全部癱瘓了。」

科雷根帶著沮喪的表情，又靠回椅背。

「那就毀了！我早就認為不會那麼順利。」

「我不明白你在說什麼。」

科雷根說：「你該去見見雷振警官，他對你說的會感興趣。戈曼神父遇害時，雷振曾經尋找那天晚上在街上見過他的人。像往常那樣，大多數人的回答都沒什麼幫助，可是有個在附近開藥房的老闆奧斯本說，他看見戈曼神父那晚經過他的藥房，還看到一個人緊跟著神父……自然，當時他並不覺得有任何怪異之處。可是他把那個人描述得很清楚，好像他有把握能認出那個人。嗯，幾天前雷振收到了奧斯本的信。他說他退休了，住在伯恩茅斯。他參加了當地的一個園遊會，無意中在那兒見到了那個男人。那個人是坐著輪椅參加園遊會的。奧斯本打聽了一下，人們告訴他那人叫魏納博。」

他疑惑地看著我，我點點頭。

「很正確。」我說，「那是魏納博，他參加了園遊會。但他不可能在派汀頓的街上跟蹤戈曼神父。他的身體不可能。奧斯本一定弄錯了。」

「他描述得很清楚。身高六英尺左右，很明顯的鷹勾鼻，喉結特別突出，對吧？」

「對，完全符合魏納博的特徵。可是……」

「我知道。奧斯本先生未必像他自以為的那樣擅長認人。這顯然只是巧合。可是現在你竟也提到那個地區，還問我白馬什麼的，實在有點奇怪。這個白馬到底是什麼？說說你的故事吧。」

「你不會相信的，」我告誡說，「連我自己都不敢相信。」

「說吧，我聽聽看。」

我告訴他我與賽澤．格雷的談話內容。他立刻嚷道：「全是胡扯！」

「是啊，不是嗎？」

「當然是！你怎麼了，馬克？白公雞，還有祭品，我猜！靈媒、地方女巫及能發射死光的鄉下老處女。真是瘋狂，老兄，瘋狂透了！」

「對，是很瘋狂。」我沉重地說。

「哼！別附和我，馬克。你愈附和，我愈覺得這事不對勁。你認為事情不對勁，對吧？」

「我先問你，所謂每個人都有一種潛藏的死亡願望，這到底有沒有科學根據？」

科雷根遲疑了一會兒，然後說：「我不是精神科醫師。我私底下告訴你，那些人有一半是精神錯亂。她們緊咬住理論不放，走火入魔。我告訴你，警方一點都不喜歡專業的醫學證人，他們只會為那些為錢而殺死無辜老太太的被告辯護。」

「你寧願相信你的腺體理論？」

他微笑道：「好吧，好吧，我也是個理論家，我承認。當然，我的理論背後有一些事實的支撐……只是還有待我去取得。至於那些下意識的玩意兒，呸！」

「你不相信？」

「我當然相信。但那些人牛皮吹得太大了。什麼『死亡願望』的下意識等等。當然，有一點道理，但沒有她們說得那樣玄。」

「但的確有這樣的事。」我堅持說。

「你最好去買本心理學的書，好好讀讀。」

「賽澤．格雷說該知道的她全知曉了。」

「賽澤．格雷！」他哼著鼻子說，「一個不成熟的鄉下老處女，懂什麼心理學？」

「她說她懂很多。」

「我剛才說過，那全是胡扯！」

「通常啊，」我說，「如果出現某種理論與已知原理不符合，大家就會這麼說。青蛙的腿在柵欄上抽搐……」

他打斷了我的話，「如此看來，你相信這一套？」

「不信，」我說，「我只想知道這套說法有沒有科學根據。」

他哼了一下。

「科學根據個頭！」

「好吧，我只是問問罷了。」

「不久你就會說她是那個帶著盒子的女人了。」

「什麼帶著盒子的女人？」

「只是個流傳已久的傻故事，諾斯特拉達穆斯根據希普頓婆婆[12]的形象創造出來的。有些人就是什麼都相信。」

「至少，你可以告訴我，你對那張名單的調查進行得怎麼樣了？」

「那些小鬼一直工作得很認真，可是這種事需要時間和許多例行工作。名單上只有姓氏，名字和地址都沒有，很不容易調查。」

「我們不妨從另一個角度看看。我敢跟你打賭，在最近這段時間——就說一年到一年半之內——這張名單上的人都已列入死亡名冊。我說得對吧？」

他奇怪地看了我一眼，說：「你說得對……姑且這麼說。」

「這就是他們的共同點，死亡。」

「是的，但事實上可能根本沒什麼，馬克。你知道，英倫三島每天有多少人死亡嗎？再說，這單子上的一些姓氏太普遍了。這發現沒什麼用處。」

「德拉方丹，」我說，「瑪麗．德拉方丹，這個姓名不太一般，不是嗎？據我所知，她

12　希普頓婆婆（Mother Shipton, 1488-1561），英國女預言家。曾預言西班牙艦隊於一五八八年入侵並遭英軍擊退，以及一六六六年倫敦將發生一場大火。

的葬禮是上星期二舉行的。」

他飛快地掃了我一眼，說：「你怎麼知道的？我想是從報上獲悉的吧。」

「我聽她的朋友說的。」

「我可以告訴你，她的死沒什麼可疑之處。事實上，警方已調查過了，這些姓氏在單子上的死者，他們的死亡原因都沒有可疑之處。要是有人有什麼『意外死亡』，也許值得懷疑。但這些死者全都是自然死亡。肺炎、腦溢血、腦瘤、膽結石，一人得了脊髓炎……沒有半點值得懷疑。」

我點點頭。

「沒有意外事故，」我說，「也不是中毒，僅僅是自然地生病死掉。正像賽澤·格雷所說的。」

「你真的認為，那個女人能在幾英里以外搞什麼名堂，讓一個她從未見過的人染上肺炎死掉？」

「我沒這麼說，是她說的。我對此感到不可思議，寧願以為那是不可能的。但有幾個離奇的因素：有人偶然提到『白馬』，又有人提到人可以除掉自己不喜歡的人，而事實上，恰恰就有個叫『白馬』的地方，裡面還住著自稱具有那種能力的女人。那附近住著一個男人，被人指認是戈曼神父遇害那晚跟在他身後的那個人。而戈曼神父遇害之前被請到一名垂危的女人床邊，有人說那女人提到過『邪惡至極』。太多的巧合了，你不認為嗎？」

「那人不可能是魏納博。如你所言，他已經癱瘓多年。」

「從醫學的觀點看，癱瘓不可能偽裝嗎？」

「當然不可能。不然四肢會萎縮。」

「看來問題已解決了。」我承認，然後嘆氣道：「真可惜。如果有一個──我不知道怎麼稱呼──專門毀掉人類的組織，魏納博就很可能是頭頭。他屋裡的那些收藏品價值不菲。那些錢從什麼地方弄來的呢？」

我停了一下後又說：「所有那些已死的人，都因為這原因或那原因而壽終，然而，是否有些人在他們死後可以得到他們的財產？」

「總有人會從死者那裡得到好處，只不過是多寡的問題而已。我告訴你，沒有什麼特殊可疑的情況，假如這就是你的意思的話。」

「不全然是。」

「你可能知道，赫斯基杜波女士留下大約五萬英鎊的遺產，由其侄兒和侄女繼承。她侄兒住在加拿大，侄女結了婚，住在英格蘭北部，兩個人都用得上那筆錢。棠瑪希．塔克頓的父親留下一大筆財產給她，要是她在二十一歲以前還沒結婚就死去的話，財產就由她繼母繼承。她繼母看來人也不錯。還有就是你的德拉方丹太太，她把遺產留給一個表妹……」

「啊，對了，那位表妹呢？」

「和她丈夫住在肯亞。」

「全都正好不在此地。」我評論道。

科雷根生氣地看了我一眼。

「至於那三個葛屁掉的桑福德先生，其中一個的妻子比他年輕很多，她很快就要再婚了——死者是羅馬天主教徒，不可能答應她離婚。有個叫西尼．哈蒙茲的，死於腦溢血，蘇格蘭警場懷疑他靠敲詐維生。他的死，一定讓好幾位上層社會人士鬆了口氣。」

「事實上你的意思是，這些死者都屬於『正常』死亡。那麼科雷根呢？」

科雷根笑了笑。

「科雷根是個常見的姓氏，有很多死者都姓科雷根，而且據我們所知，沒有哪個人的死因特別值得懷疑。」

「這就對了，你可能就是下一位遇害者。好自為之啊。」

「我會的。但別以為你那個女巫能讓我得十二指腸潰瘍或西班牙感冒[13]而死掉！」

「聽著，吉姆。我想查證一下賽澤．格雷那番話的真實性。你願意幫我的忙嗎？」

「不，我才不幫！我真不懂，像你這種受過高等教育的聰明人，居然會被她那套胡言亂語牽著鼻子走。」

我嘆口氣說：「你不能換個說法嗎？我都聽膩了。」

「『廢話連篇』。這樣有覺得好點嗎？」

「不覺得。」

「你是個頑固派，對吧，馬克？」
「依我看，」我說，「有些人就是頑固！」

13 西班牙感冒（Spanish flu），一九一八年於歐美大流行的流行性感冒，短短數月間造成數千萬人死亡。西班牙對此種病毒做了完整的記錄並公諸於世，此類型感冒遂被稱之為西班牙感冒。典型症狀為出血、發燒發冷、肺積水等，感染者數小時內即可能喪命。

# 10

格倫道爾社區非常新，散布成一個不規則的半圓形，其下半部仍有建築工人在施工。中央大約一半的地方，有個門上掛著「艾佛勒斯特」的牌子。

一個圓形背影正在花園邊種植球莖植物，雷振警官馬上認出是查考利．奧斯本先生。他推門而入到了裡面，奧斯本先生站直身子，看看是什麼人闖了進來。認出來訪者之後，他原本紅著的臉更紅了，露出喜色。雖然住在鄉下，可是奧斯本先生看起來和在倫敦開店時差不多。他穿著耐用的農夫鞋、襯衫袖子捲起，但即使如此裝扮，他外表依然顯得乾淨整潔。他用手帕小心翼翼地擦掉圓禿頭頂上的幾顆閃亮汗珠後，才走上前來迎接來客。

「雷振警官！」他歡快地喊道，「你來了真是我的榮幸，真的是，警官。我收到你的回函，可是我沒想到你本人會來。歡迎光臨寒舍。歡迎造訪艾佛勒斯特。這個名字或許嚇了你一跳？我一直對喜馬拉雅山感興趣：艾德蒙．希勒利爵士去珠穆朗瑪峰探險時，我每天都仔細留意報上的每一則報導。他真是個偉人！真有耐力！著實為祖國爭光。從來沒吃過什麼苦的我，最佩服那些征服高山或穿越重重冰山航行到極地去探險的人。請進，請進，隨便喝點飲料。」

奧斯本先生領著雷振走進一間狹小的平房，房間內雖沒有幾件家具，卻顯得整潔有序。

「還沒有完全整理好，」奧斯本先生解釋道，「只要有空，我就參加本地的拍賣會。那樣才能用一般店裡四分之一的價錢買到好東西。你想喝點什麼？雪利酒？啤酒？茶？我馬上就可以燒好水。」

雷振表示想喝啤酒。

「啤酒來了。」奧斯本先生說，一會兒他便拿著兩個錫鋁合金的大酒杯進來，並說：「坐下來休息一會兒。艾佛勒斯特。哈哈！我這棟房子的名字有雙重意義。我一向喜歡開點小玩笑。」

寒暄之後，奧斯本先生帶著渴望的神情俯身向前說：「我的消息對你有用吧？」

雷振盡可能用緩慢的口氣說：「恐怕並不如我們預期的有用。」

「唉，我承認我有點失望。不過說真的，我認為不能因為一位紳士和戈曼神父朝同一個方向走，就認定他是殺死神父的凶手。這樣想太天真了。而且據我所知，那位魏納博先生既富有又受當地人敬重，一直活躍於上流社會。」

「問題是，」雷振說，「你在那天晚上看到的那個人不可能是魏納博先生。」

「哦，但他確實是，我絕對不懷疑我的判斷。我從來沒認錯人。」

「恐怕你這次就錯了，」雷振客氣地說，「你知道，魏納博先生患了脊髓炎，腰部以下已經癱瘓三年了，雙腿根本無法行動。」

「脊髓炎！」奧斯本先生叫道，「啊，老天爺，老天爺……那看來的確不是。但……對不起，雷振警官。希望你不要見怪，事實真是那樣嗎？我是說，你有確鑿的醫學證明嗎？」

「是的，奧斯本先生，我們有的。魏納博先生的主治醫生是哈利大街的威廉．達格代爵士，他是醫學界相當有聲望的名醫。」

「當然，當然，皇家醫學院畢業的嘛。非常有名的人物！啊，老天，我好像錯得一塌糊塗。我當時非常肯定，結果白白浪費了你們好多精力。」

「你別那樣說，」雷振很快回答道，「你的消息還是很有價值。顯然，你看到的人很像魏納博先生……而魏納博先生的相貌很特別，所以這個消息便很有用，因為符合那種特徵的人一定不多。」

「是的，是的，」奧斯本先生情緒好些了。「有犯罪嫌疑，而且長得像魏納博的人一定不多。蘇格蘭警場的檔案裡……」

他一臉期待地看著警官。

「可能沒那樣簡單，」雷振緩緩地說，「那個人也許沒有前科紀錄。而且從另一個角度看，如你剛才所言，沒有理由認為那個人就是攻擊戈曼神父的人。」

奧斯本先生看起來又洩了氣。

「請你原諒我。我太一廂情願了……我一直很想能在殺人案開庭的時候作證……他們絕對不能動搖我，我可以向你保證。哦，動搖不了的，我一定會堅持我的立場！」

雷振沉默著，若有所思地打量著他。奧斯本先生打破沉默道：「怎麼了？」

「奧斯本先生，為什麼你說要『堅守你的立場』呢？」

奧斯本先生看起來很吃驚。

「因為我非常肯定……哦，哦，是的，我明白了你的意思。那人不是『那個人』，所以我沒有理由覺得非常肯定。但是我認為……」

雷振俯身向前說：「你也許不懂為什麼今天我來看你。既然已有醫學上的證明你看到的那個人不可能是魏納博先生，我為什麼還來這兒呢？」

「對，對。嗯，那麼，雷振警官，你來是為了什麼？」

「我來，」雷振說，「是因為你那種堅決、肯定的態度給我留下了很深的印象。我想知道，你為什麼那麼肯定？記住，那天晚上霧很大。我去過你的藥房，也在你當時目擊對方所站的門口站過，觀察過外面的街道。在我看來，在一個霧夜，要觀察站那麼遠的人，似乎很不可能，甚至連人影都不可能看清楚。」

「從某方面來看，當然，你說得對。霧愈來愈濃，但你也知道，霧是一陣一陣襲來，偶爾會有一陣子看得較清楚。我看到戈曼神父時就是這種情形，因此我才能看清楚他和緊跟在他後面的那個人。而且，後面那人走過我藥房門前時，還掏出打火機點他的香菸。那時他的面容很清晰……那鼻子、下巴，還有那明顯的喉結，我覺得，那人的五官很特殊。以前我從未見過他，我想，如果他到過我的藥房，我一定會記起他。因此，你明白……」

奧斯本先生戛然而止。

「是的，我明白。」雷振若有所思地說。

「搞不好是魏納博先生的弟兄，」奧斯本先生滿懷希望地提示說，「或許是雙胞胎兄弟？那這個疑案就會有個了結。」

「雙胞胎？」雷振笑著搖搖頭說，「小說裡也許有那種事。但現實生活中……」他又搖搖頭，「不會的。你知道，不會有這種事。」

「不會……不會，我猜也不會。不過也許是一個非孿生的兄弟，具有同一家人的相似點……」奧斯本先生表現得十分急切。

「就我們所知，」雷振小心翼翼地說，「魏納博先生沒有兄弟。」

「就你們所知？」奧斯本先生重複道。

「他雖然是英國籍，卻出生在國外，十一歲時才隨父母到英國。」

「這麼說，你們對他也不是真的十分了解？我是指，關於他的家庭。」

「是的，」雷振若有所思地說，「要調查魏納博先生並不容易……除非，就是親自去問他。但我們沒有充足的理由那樣做。」

他是故意這麼說的。當然有辦法不親自去問魏納博先生就能知道這些事，但他不打算告訴奧斯本先生。

「所以說，如果沒有醫生的證明的話，」他一邊說一邊站起來。「你仍堅持你的指認？」

「哦，當然，」奧斯本先生附和道，「你知道，我這個人有記人面孔的習慣。」他咯咯咯地笑著說，「很多顧客都感到吃驚，我有時候會對顧客說：『氣喘怎樣了？』對方常會感到很意外，我便告訴她：『你上次來時，拿著哈格里夫醫生的處方。』她不訝異才怪呢！這對我的生意很有幫助，因為人們很高興被別人記住，雖然我記名字沒有記面孔那麼厲害。我在很年輕的時候就養成了這種能力，我告誡自己，查考利．奧斯本，別人做得到的，你也能做到！不久便養成了這種習慣，根本不必刻意費力。」

雷振嘆了口氣。

「真希望法庭上能有多一點你這樣的證人，」他說，「辨認面孔的確是棘手問題。大多數人根本告訴不了你什麼。他們常會說：『嗯，我想是高個子、髮色淡……嗯，不是很淡，中等吧。長相一般。藍眼睛……或是灰的，也許是咖啡色。穿灰雨衣……或許是深藍色。』」

奧斯本先生笑了。

「那些當然對你沒用。」

「老實說，像你這樣的證人真是老天賜下的！」

奧斯本先生看起來很高興。

「這是天賦，」他謙遜地說，「你知道，我特別訓練過我的天賦。你知道有一種小孩玩的遊戲，把很多東西裝在盤子裡，讓孩子們在幾分鐘內記下來。每次我都得滿分，很讓人吃驚。他們總是說我好棒。這是一種技巧，要多練習。」他輕聲笑道，「我也會表演一些魔術，每年在聖誕節時逗逗小孩子，露兩手。對不起，雷振先生，你衣袋裡裝的是什麼？」

他俯身向前，拿出一個小菸灰缸。

「嘖，嘖，先生，虧你還在警察局辦事！」

他開心地笑了起來，雷振也跟著他笑起來。

接著奧斯本先生嘆了口氣說：「我搬來的這個小地方很不錯，先生。鄰居和睦友好，多年來我一直希望能過上這樣的日子，但我得向你承認，雷振先生，我很懷念做生意時的樂趣。總有不少人進進出出。你知道，各種類型的顧客都值得研究。我也希望有自己的小花園，而且我還有別的興趣。正如我告訴過你，收集蝴蝶、觀察鳥類。我沒料到自己會如此懷念我稱之為自然本性的那些東西。

「我希望能有趟小小的國外旅遊。對，我利用週末去了一趟法國。我得說很好。但我強烈地感覺到，英國對我來說就夠好了。我不喜歡外國食品，在我看來，他們根本不會處理培根或雞蛋。」

他又嘆口氣。

「看看，人性就是如此。我一直想退休（可是現在，我又想在伯恩茅斯買一家小藥房享受一下生活樂趣），用不著整天被綁在藥房裡。可是現在我又舉棋不定了。我想你將來也一樣，你會事先有些打算，但到時候你又會懷念現在這種充滿刺激的生活。」

雷振微微一笑。

「警察的生活並不是如你想像的那樣浪漫多姿，奧斯本先生。你對犯罪的看法只是業餘的體會，我們大部分的例行工作都很單調，並不是一天到晚在跟蹤罪犯或查找神祕的線索，其實警察的工作很枯燥，真的。」

奧斯本先生仍是一臉的不信。

「你們自己最清楚，」他說，「再見，雷振先生，很對不起，幫不了你什麼忙。如果有任何事情，在任何時間……」

「我會告訴你的。」雷振承諾道。

「那天在園遊會看到的事，原本是好線索。」奧斯本沮喪地自言自語道。

「我知道。可惜醫生的證明是如此肯定，誰也無法改變，對吧？」

「這……」

奧斯本先生欲言又止，但雷振沒注意到。他邁著大步離開了。奧斯本先生站在門口，看著他離去。

「醫生證明，」他說，「醫生算什麼！要是他有我一半了解醫生就好了，醫生最無知了！醫生算什麼！」

# 11（馬克・伊斯特的敘述）

先是赫米亞，現在是科雷根。

好吧，那麼，我承認自己是個大傻瓜好了！

我把閒談胡扯當作確鑿的事實，我被騙子賽澤・格雷灌了迷魂湯，竟然相信她那一堆胡言亂語。我是個既迷信又容易上當的傻瓜。

我決心忘掉這件倒楣事，畢竟，它干我什麼事？

在沮喪失望之中，我好像又聽見了卡索普太太急切的聲音。

「你一定要採取行動！」

說得很好，但做起來可不容易。

「你需要有人幫忙……」

我需要赫米亞，我需要科雷根。但他們兩人都不幫我，我可沒有其他人可想了。

除非……

我坐著仔細思量。

憑著一時衝動，我撥通了奧利薇夫人的電話。

「喂，我是馬克．伊斯特。」

「有什麼事？」

「你能不能告訴我，園遊會那天留在屋子裡的那個女孩的名字？」

「可以。讓我想想……對啦，『金潔』，就是這個名字。」

「這我知道，她的另外一個名字呢？」

「什麼另外一個名字？」

「我懷疑金潔不是她的本名。而且她總得有個姓吧。」

「是的，當然。不過我不知道。現在好像沒人會注意別人是姓什麼。我們是第一次見面。」奧利薇夫人稍稍停頓了一下，又說：「你最好去問問羅妲。」

我不想那樣做，我覺得有點不好意思，於是說：「哦，我不能哪。」

「很簡單嘛，」奧利薇夫人慫恿我說，「你只要說，你答應要送一本你的書給她；或者要告訴她一家賣便宜魚子醬的店名；不然就說想還她她借你擦鼻血的手帕；或者說有個富有的朋友想修復一幅名畫，你想告訴她這個人的地址，但把她的地址弄丟了，也記不得她的名字。這些夠不夠？如果你需要，我還可以想出更多理由。」

「這些理由都很好。」我回答道。

我掛了電話，撥了一〇〇，立刻與羅妲接上線。

「金潔？」羅妲說，「哦，她住在卡加利廣場一條小巷子內。四十五號。等一下，我告訴你她的電話號碼。」她離開了一會兒，然後說：「卡普里科恩三五九八七。記下了嗎？」

「記下了，謝謝。但我沒有她的名字，我不知道她的名字。」

「她的名字……哦，你是說她姓什麼？科雷根。凱瑟琳．科雷根。你說什麼？」

「沒什麼。再次感謝你，羅妲。」

我覺得事情太湊巧了。科雷根，兩個科雷根。也許是一個預兆。

我撥了卡普里科恩三五九八七號。

§

金潔和我約好在「白鸚鵡」會面喝飲料。她看起來和在馬奇迪平村時一樣令人耳目一新——一頭蓬鬆的紅髮，表情熱切，滿臉雀斑，綠眼睛十分靈活。她一身倫敦藝文界人士的打扮：緊身褲、圓領毛衣和黑色長毛襪，但看起來還是同一個金潔。我很喜歡她。

「我費了好大工夫才追查到你，」我說，「你的姓氏、住址、電話號碼我都不知道。我有麻煩了。」

「這句話我的女傭經常說。她說這話的時候，通常就表示我得給她買個新的菜瓜布或地毯刷，或其他一些無聊的東西。」

「你這次用不著買任何東西。」我向她保證。

於是我把事情的經過告訴了她，花的時間沒有像赫米亞那樣多，因為她對「白馬」和它的主人已經很熟悉了。說完之後，我把目光從她身上移開，不想面對她有關這件事的反應，不願看到她寬容的開心模樣，或者完全不相信的表情。這件事在此刻好像比以往任何時候更顯得滑稽可笑。任何人（除卡索普太太外）都不可能有我那種感覺。我用叉子在塑膠桌面上胡亂畫著。

金潔突然說：「就這樣了，是吧？」

「是的。」我坦承道。

「你打算如何處理這件事？」

「你認為，我應該處理這件事嗎？」

「哦，當然！總得有人出面處理吧！不能讓一個組織任意置人於死地，不該放手不管。」

「但我能做些什麼呢？」

我真想靠在她肩上擁抱她一下。

她正皺著眉頭喝茴香酒。一股暖流瀰漫我的全身，我再也不是孤立無援了。

不一會兒，她若有所思地說：「你該調查一下，這件事到底怎麼回事。」

「我贊成。但怎麼辦呢？」

「有一兩個線索我或許能幫忙。」

「你願意幫忙？可是你有你的工作啊。」

「很多事都不必在辦公室裡做。」她又沉思道。

「那個女孩，」最後她說，「我們從舊維多利亞劇院出來用晚餐時遇到的那個帕比什麼的，她知道這件事，她一定知道，否則她不會說出那些話。」

「沒錯，可是當我問她的時候，她怕得不得了，而且馬上就避開了。她嚇壞了，什麼都不肯說。」

「這個問題我可以幫忙，」金潔信心十足地說，「她不肯對你說的事，可能會告訴我。你能安排我們見個面嗎？你的朋友、她、你和我，一起去看場戲或者吃晚飯什麼的。」她好像遲疑了一會又說：「會不會太破費？」

我向她保證說，這花費我還負擔得起。

「至於你……」金潔想了一會兒慢慢地說，「我認為，你最好從棠瑪希·塔克頓那方面著手。」

「但如何著手？她已經死了呀！」

「如果你的想法沒錯，那她就是被人害死的！而且『白馬』也參與其中。這有兩種可能，要不是她繼母，就是在路易咖啡館與她打架的那個女孩。她搶了那個女孩的男朋友，或許還打算嫁給他。要是她真的對那個小夥子一往情深，恐怕她繼母或那女孩就難以忍受了。她們兩人都可能去『白馬』。從這方面也可以理出線索。你知不知道那女孩叫什麼名字？」

「我想叫露露。」

「是不是略帶淺灰的金髮、中等個頭、胸部很豐滿？」

我說描述得沒錯。

「我見過她，她是叫露露．艾利斯。算是個小富婆。」

「看起來不太像。」

「那幫人都這樣，可是她的確有錢。總之，她付得起給『白馬』的費用。我猜，『白馬』總不會白白替人做事吧。」

「難以想像。」

「你得去查查那個繼母。她的住地離你較近。去看看她……」

「我不知道她住在哪裡。」

「路易對棠咪的家略知一二。我想他會知道她住在哪個郡，其他細節另外再去查查相關資料就好了……我們真是太傻了！你去看看《泰晤士報》上登的訃聞，再去查查她的檔案就行了。」

「我去找她繼母總得有個理由吧。」我遲疑地說。

金潔說那容易得很。

「你知道，你是個有身分地位的人，」她說，「你是歷史學家，公開演講過，也出過書。塔克頓太太會有印象，或許見到你會高興得不得了呢。」

「那理由呢？」

「說你對她房屋感興趣怎樣？」金潔建議道，「如果那是一棟古建築，總有些東西值得一看。」

「但那可能與我研究的時代無關。」我反駁道。

「她又不知道。」金潔說，「大家總以為任何東西只要有百年以上的歷史，便能引起歷史學家或考古學家的興趣。不然說去看她的畫好不好？一定有幾張古畫。你先與她約好時間，去的時候盡量熱情一些，說點好話。然後你說你見過她女兒——她的繼女，說她的死真讓人悲傷等等。接下來你突然提起『白馬』，要是你願意，可以裝得邪惡一點。」

「然後呢？」

「然後你就觀察她的反應。當你突然提起『白馬』時，如果她曾感到內疚，我認為她一定會露出一些蛛絲馬跡。」

「如果真是這樣……那接下來該怎麼辦？」

「最重要的是先了解我們是否查對了方向。一旦確定之後，我們便全速調查下去。」

她點著頭，若有所思地又說道：「還有一件事。你覺得那個姓格雷的女人為什麼要將她們的事情都告訴你？她為什麼如此友善？」

「最簡單的答案，就是她太傻。」

「我不是指這個。我的意思是，為什麼是你？她為什麼挑中你？我懷疑你是不是有什麼關聯？」

「與什麼有關聯？」

「等等，讓我理一理頭緒。」

我等了一會兒。

金潔用力搖了搖頭，然後說：「假設——僅僅是假設，那個叫帕比的女孩了解『白馬』的事——不是親身經歷，而是道聽塗說。聽說她是那種別人閒聊時不會太留心的女孩，可是事實上常出人意料地聽見了許多。看起來有點傻氣的人多半是這樣。可能她那天晚上與你談話時被人聽到了，有人威脅她，於是第二天你去找她時，她嚇壞了，什麼都不肯說。但你去找她的事已經傳開了。你有什麼理由去問她呢？你又不是警察。最恰當的理由便是：你可能是個委託人。」

「但事實上……」

「我告訴你，這是符合邏輯的。你聽說過這件事的傳聞，你便去調查，為了你個人的目的。不久，你出現在馬奇迪平村的園遊會上。你被帶到白馬去——假定是你自己想去的——然後發生什麼事呢？賽澤·格雷當然要直接跳出來賣弄她的嘴皮子。」

「我想這是可能的。」我想了想問道，「你認為她真有她吹噓的那種本事嗎，金潔？」

「我個人傾向於她沒有！但什麼怪事都可能發生，特別是在催眠術的作用下。譬如，要一個人第二天下午四點去咬一下蠟燭，那個人就會不自覺地照辦。就是這類事。再譬如，在一個通電的盒子裡滴一滴血，便可以告訴你兩年之內你會不會得癌症。這些事聽起來很玄，但並非完全造假。至於賽澤……我不願認為那是真的，但我很擔心有那種可能！」

「是的，」我沉鬱地說，「你說得很對。」

「我可以在露露身上下點工夫，」金潔若有所思地說，「我知道在許多地方都可以碰到她，路易大概也知道一些情況。」

「但首要的，」她補充道，「就是與帕比聯絡上。」

這件事安排起來很輕鬆。三天後的一個晚上，大衛有空，於是我們約好一起去聽音樂會，大衛陪著帕比一起來了。我們到幻想園共進晚餐。我注意到金潔和帕比一起去了洗手間，過了好一會兒才回來，兩人看來相處融洽。由於金潔的暗示，我們晚餐時沒有提起任何引起爭論的話題。最後，我們終於分手了，我開車送金潔回家。

「沒有什麼值得報告的，」金潔輕快地說，「我與露露談過了。那天她們是為了吉恩·普萊登才吵起來的。那人不是個好東西，貪財好利，可是女孩們都喜歡他。他在露露身上花了很大的工夫，可是棠咪插了進來。露露說他一點都不喜歡棠咪，只想要她的錢……不過這可能只是露露自己的猜測。反正他一腳踢開了露露，她自然很吃醋。照她的說法，那天她們並沒有吵架，只是女孩間鬧鬧意氣。」

「女孩閒鬧意氣？她把棠咪的頭髮都連根拔起了！」

「我僅僅是傳達露露告訴我的話。」

「她看起來很友善。」

「哦，她們都喜歡談自己的事情。只要有人願意聽，她們可以與任何人大談特談。反正，現在露露又有了一個新的男朋友……另一個花花公子，但我敢說她已經迷上他了。所以在我看來，她不可能求助於白馬。我提到過白馬，可是她沒有反應。我認為你們可以不用管她了。路易也認為她沒什麼，可是他認為棠咪對吉恩很認真。吉恩追她追得很緊。關於那個繼母，你有什麼結果？」

「她出國了，明天回來。我寫了封信給她，或者說，我讓我的祕書寫了封信，要求約個時間見見面。」

「好的。我們的事情進展得很順利。希望一切都不是白費工夫。」

「但願如此！」

「會有收穫的，」金潔熱心地說，「這案件基本上好像是這樣：戈曼神父遭殺害之前，被一個垂死的女人找去，他之所以被害是因為那女人告訴他一些事情或坦白了一些罪過。那女人後來怎樣了？她死了嗎？她是誰？應該從這上面找些線索。」

「她死了。我對她沒什麼了解。我想她大概姓戴維斯。」

「哎，你能不能查出更多資料？」

「我盡力而為。」

「如果我們能查出她的背景，也許可以知道她的消息是怎麼來的。」

「我明白你的意思了。」

第二天清晨，我便打電話給吉姆．科雷根，向他提出後面這個問題。

「讓我想想。我們調查過，可是沒什麼結果。戴維斯不是她的姓，所以調查時浪費了一些時間。你等一等，我當時做了些記錄……哦，對啦，找到了。她姓亞切爾，她的丈夫是個二流騙子。她離開他之後，恢復了娘家的姓。」

「亞切爾是個什麼樣的騙子？現在在哪兒？」

「哼，是個小偷。專從百貨店的櫃檯上順手牽羊，不管值不值錢。他現在已經死掉了。」

「那就派不上用場了。」

「是的。戴維斯太太生前工作的那家消費調查公司，顯然也不知道她的情況或者她的背景。」

我向他道謝後，掛斷了電話。

# 12（馬克·伊斯特的敘述）

三天後，我接到了金潔打來的電話。

「我有些事要告訴你，」她說，「一個名字和地址。請記下。」

我拿出筆記本。

「請講。」

「名字是布雷德，地址是伯明罕市政廣場大廈七十八號。」

「哎喲，老天爺，這是什麼跟什麼啊？」

「天知道！我懷疑帕比也未必真知道。」

「帕比？這是……」

「是的。我在帕比身上下了些工夫。我告訴過你，我會試著從她那兒打聽出一點消息。讓她態度緩和下來之後，事情就容易了。」

「你怎麼打聽出來的？」我好奇地問。

金潔笑了笑。

「女孩子間的悄悄話。你不會懂的。關鍵是，女孩子往往不把彼此間的悄悄話當回事，總覺得無關大局。」

「就像工會內部的對話？」

「你可以那麼比喻。我們一起吃了頓午飯，我信口扯了點我的愛情生活——障礙重重，說我與一個已婚男人在一起，他太太是天主教徒，怎麼都不肯離婚，弄得他很痛苦。我說那女的重病在身，雖然整天痛苦得不得了，可是幾年內還死不了。要是她現在死掉就好了。我說我很想去白馬試試看，但我不知道該怎麼做，也不知道開銷大不大。帕比說那裡很貴，她聽說她們漫天要價。然後我說：『嗯，反正我將繼承一大筆遺產。』……你知道，我有個富有的叔公，是個活死人，我並不希望他死，但這件事可以拿來利用。我問，他們願不願意用記帳的方式？該怎麼做？於是帕比告訴我這個名字和地址。她說要先找那個人談妥才行。」

「太好了！」我說。

「是的，不可思議。」

我們沉默了一會兒。

我疑惑地問：「她就這麼坦率地告訴你嗎？她看起來……一點都不怕？」

金潔不耐煩地說：「你不懂，女孩子間的悄悄話算不了一回事。畢竟，馬克，如果我們的推測是真的，她們多多少少都得透露點風聲，對吧？我的意思是說，她們必須要不斷有新『顧客』才行啊。」

「我們真有點瘋了，竟然相信這種事。」

「好吧，算我們瘋了。你要不要去伯明罕找布雷德先生？」

「好，」我說，「我去那地方找布雷德先生……如果真有其人的話。」

我不相信真有其人。但我錯了。布雷德先生的確存在。

市政廣場的建築就像一個巨大的蜂巢。七十八號在辦公大廈的三樓。那裡的圓形玻璃門上用黑色字體整潔地印著：「C·R·布雷德，仲介商」，下面又用較小的字體寫著：「請進」。

我走了進去。

外面那間較小的辦公室是空著的，靠裡牆一道半開的門上寫著「非請勿入」。門後一個聲音說：「請進。」

裡面的辦公室大一些，擺著一張桌子、兩張椅子、一部電話和一個檔案架。布雷德先生就坐在書桌後面。

他個頭瘦小，皮膚黝黑，黑眼珠炯炯有神，身穿黑色套裝，看起來威嚴可敬。

「關上門，好嗎？」他愉快地說，「請坐，那張椅子很舒服。抽菸嗎？不抽？好，有什麼我能替你效勞的？」

我看著他，不知從何說起，也不知道該說些什麼。最後，我想我是豁出去了……或者是他那對小眼珠逼得我脫口說出。

「多少錢？」

我很高興地察覺到，他微微吃了一驚，但反應和一般人不同。他並未認為有個腦筋有問題的人闖進了他的辦公室。換成是我，一定會這麼想。

他的眉毛揚了揚。

「好，好，好，」他說，「你不想浪費時間，對吧？」

我仍咬住我的問題不放。

「到底多少錢？」

他用略帶責難的態度輕輕搖搖頭說：「這不是辦事的方法。我們必須按正常程序進行。」

我聳聳肩說：「隨你的便。什麼正常程序？」

「我們還沒有相互自我介紹，不是嗎？我還不知道你的尊姓大名呢。」

「目前，」我說，「我還不想告訴你。」

「真夠小心謹慎。」

「我是很小心謹慎。」

「一種值得欽佩的性格……雖然有時不一定派得上用場。那麼是誰讓你來找我的？我們有彼此都認識的朋友嗎？」

「這我也不能告訴你。反正我朋友的朋友認識你的一個朋友。」

布雷德點點頭。

「我的不少顧客都是這樣找上門的。」他說，「有些問題相當……棘手。我認為，你大概知道我的職業吧？」他無心等我回答，自己便答道：「賽馬仲介，」他說，「你的興趣或許是在……馬？」

他說出最後一個字前，稍微遲疑了一下。

「我不是賽馬迷。」我模稜兩可地說。

「玩馬有許多方式：賽馬、打獵、坐馬車兜風。運動方面我最感興趣的是，賭馬。」他停了停，然後似乎不經意地問：「有什麼特別的馬給你印象最深？」

我聳聳肩，破釜沉舟地說：「白馬……」

「喲，很好，好極了。恕我冒昧，你看起來便像匹黑馬。嗨嗨！你不必緊張。真的不必緊張。」

「那是你說的。」我有點魯莽地說。

布雷德先生的態度變得更溫和了。

「我很能了解你的感覺，不過我向你保證，你一點也不用擔心。我本身是個律師……當然，已經被取消了資格，」他用感傷的聲音補充說，「不然我就不會在這兒了。但我向你保證，我對法律事務很熟。我所處理的每件事都是絕對合法的。這只是賭注的問題。什麼都可以打賭：明天下不下雨、俄國人能不能把人送上月球，或者你的妻子會不會生雙胞胎。還可以賭B先生會不會在耶誕節前死去，或者C先生會不會活到一百歲。你賭上你的判斷、直覺或你稱作什麼的吧。一切都簡單明瞭。」

我就像在手術台前接受醫生的保證一樣。布雷德的安撫技巧十分高超。

我緩緩地說：「我對白馬的事務還不是很了解。」

「所以你不放心？是的，許多人都不放心。赫拉修[14]，天上人間，無奇不有。坦白說，我也不太了解，可是它的確管用，在許多方面效果非常神奇。」

「如果你在這方面再多解釋一下……」

我已認定了自己扮演的新角色……謹慎、急切，但膽怯。布雷德先生顯然經常遇到這種性格的顧客。

「你知不知道那個地方？」

我迅速做出判斷：說謊不是個好辦法。

「我……知道。是的，我和幾個朋友去過，他們帶我去了那兒……」

「迷人的老酒館，充滿了歷史情趣。她們把它修復得很好。那麼，你見過她了，我的朋友格雷小姐？」

「對……對，當然。她是一個獨特的女人。」

「可不是嗎？是的，可不是嗎？你說得對極了。一個獨特的女人，有一種超凡的力量。」

「她所說的事，實在……呃，不可能吧？」

「對極了。問題就在這裡。她說她能辦到的事都是別人認為不可能辦到的！每個人都這樣說。例如，在法庭上……」

他黑珠子似的眼珠直盯著我的眼睛。布雷德先生刻意又強調了一遍：「例如，在法庭上……這就會顯得荒謬可笑！要是那女人站起來承認自己是凶手，靠遙控、『意願的力量』之類的玩意兒殺人，法庭絕不可能接受！就算她說的是真話（理智正常的人，像你與我，都不會相信的！），在法律上也是無效的。法律的條款上沒有所謂靠遙控殺人的凶犯，認為那是荒謬的。這便是整件事最漂亮的地方……你想一想，你也會欣賞這一點。」

我明白他是在向我保證，英國法律上沒有懲治用神力殺人的條例。要是我雇人用棍子或刀器殺人，我就是同謀犯。但如果我要求賽澤．格雷用巫術殺人，那法庭就管不著。這便是——照布雷德先生的說法——這件事中最漂亮的一點。

我滿腹的懷疑立刻爆發了出來，我大聲叫道：「活見鬼，這太玄了，我不相信，這是不可能的！」

「我同意你的看法，真的。賽澤．格雷是個獨特的女人，當然也有某種很獨特的能力，可是我們不完全相信她的話。誠如你所說，這太玄了。到了這個時代，誰也不相信有人能坐

14　赫拉修（Horatio）是莎士比亞劇本《哈姆雷特》中的人物，是哈姆雷特的好友。

在英格蘭的一間平房裡，發出腦電波之類的東西，讓別人無緣無故地生病死亡。」

「但她說她能做到？」

「哦，是的，當然她也有法力……她是蘇格蘭人，那個種族的人都有預知力。真有那麼回事。有一點我相信，而且毫不懷疑，那就是，」他俯身向前，不斷地晃著食指說，「賽澤・格雷的確可預知別人何時大限將至。那是一種天賦。她有那種本事。」

他又靠回椅背，審視著我。我等著他繼續說下去。

「讓我們來假設一下。如果有人，你或另外一個人，很想知道……譬如愛莉莎姑婆什麼時候死。你必須承認，預先獲知這種事很有幫助，沒什麼不仁義的地方。這沒什麼不對，只是未雨綢繆，讓人知道該訂什麼計畫。譬如說，到了十一月時，會不會有一大筆收入進來。如果能確定這一點，就可以做一些有效的選擇。死亡是件很難說的事。如果有醫生的鼓勵，愛莉莎姑婆也許會再活十年。當然，你很喜歡那老太太，可是要能早點知道她的死期，會多麼方便。」

他停了一會兒，又略微俯身向前說：「這正是我的用處。我是個喜歡打賭的人。什麼都賭……自然得依我的條件。你來找我，那麼你自然不會拿一位老太太的死來打賭，那會為你健全的心靈帶來極大負擔。所以我們換個方式說話，我們雙方約定好賭金後，你打賭愛莉莎姑婆到耶誕節仍朝氣蓬勃，談笑風生，我則賭她正好相反。」

那雙黑珠子似的眼珠又在我臉上打轉。

「這一點都不違反什麼，對吧？很明顯，我們兩人在這件事上意見不合，我說愛莉莎姑婆就要死了，你說她不會，所以我們訂下契約。我說兩週內會見到愛莉莎姑婆的訃聞，你說不會。如果你正確，我付錢給你；如果你錯了，你……付錢給我！」

我看著他，試著裝出一個人想除掉一個富有的老太太時的樣子。接著我又從被敲詐者的角度去想，似乎這樣的角色對我而言比較容易：有人敲詐了我好多年，我再也忍受不下去了。我希望他死，而自己又沒有勇氣殺死他，但我願意付出任何代價……是的，任何代價……

我開口了，聲音有點嘶啞，彷彿我真是那位被敲詐者。

「什麼條件？」

布雷德先生迅速改變了態度，變得很愉快，幾近輕浮。

「打一開始，你指的就是這個，對吧？『多少錢』？真嚇了我一跳。還從來沒有人像你這樣單刀直入呢。」

「什麼條件？」

「看情況而定。由幾個不同的因素判斷。大體上說，要看所賭的金額有多少，有時也要看顧客能從中得到多少好處來定價。像被敲詐者之類的，得看看他們出得起多少錢。我醜話先說在前頭，我可不跟窮客戶打賭，除非是像我剛才說的那種狀況。而那種狀況又得看愛莉莎姑婆有多少財產而定。反正條件要是雙方都能接受的，總得讓雙方都得到一些好處，對吧？賭注通常是五百比一。」

「五百比一？比值太大了。」

「我的賭注就是這樣。如果愛莉莎姑婆已經一隻腳跨進棺材，你就不會來找我了。預測一個人在兩週內會死，那當然得下個大大的賭注。五萬英鎊賭一百英鎊並不過分。」

「如果你輸了呢？」

布雷德先生聳了聳肩。

「那就太糟了。我付錢。」

「如果我輸了，我得付錢。假設我不付錢呢？」

布雷德先生向後靠著椅背，半閉著眼睛。

「我不該談起這些，」他平和地說，「我真的不該談。」

雖然他音調平和，我卻感到一陣戰慄。他並未說什麼威脅的話，但那威懾力還是很大。

我站起身來，說：「我……我必須考慮考慮。」

布雷德先生又恢復了愉快而禮貌的態度。

「當然得全盤考慮。做任何事都不要衝動。如果你決定要做，就來找我，我們進一步深談。慢慢來，萬事急不得，慢慢來。」

我走出去時，耳畔仍響著他的話：「慢慢來……」

# 13
## （馬克．伊斯特的敘述）

我很不情願地開始進去見塔克頓太太。儘管金潔鼓勵我，我還是覺得那是白費力氣。而且，打一開始，我就覺得自己不太適合承擔這項任務，我懷疑自己的臨場反應不佳，心裡一直有種做戲的感覺。

金潔卻用她非凡的能力，透過電話向我指示。

「那十分簡單。那是一棟納許[15]式的建築，但與他那種風格又不太一樣，是他那些接近哥德式的幻想作品。」

「那我又憑什麼理由要去看看呢？」

15　納許（John Nash, 1752-1835），英國建築家，新古典攝政時期風格的創始人之一，最擅長城市規畫。

「你要寫一篇影響建築家風格的文章或一本書，就是這類事情。」

「聽起來好假。」我說。

「胡扯，」金潔爽快地說，「遇到學術性強的題目，最好是由最不可能的人提出讓人難以置信的理論，並用最嚴肅莊重的態度去寫。我可以給你援引不少這類廢話。」

「因此你去要比我去恰當得多。」

「那你就錯了，」金潔告訴我，「塔克頓太太可以在《名人大辭典》裡查到你的名字，而且產生好印象。但她不可能在那裡面發現我的名字。」

我還是有些疑惑，但無言以對。

我與布雷德先生進行了那一場不可思議的面談後，金潔曾與我碰面交談過。她不覺得這次面談有那麼不可思議，事實上她對結果相當滿意。

「這樣一來，就能判別我們的猜測是否正確了，」她指出，「現在我們確實知道，有一個專門替人除掉眼中釘的組織存在。」

「用超自然的方法！」

「你的思想真是古板。都是熙碧身上那些護身符騙了你。如果布雷德先生是個假的算命先生，我們可以不相信。但既然他是個卑鄙又實際的法律騙子……至少你是這麼形容他。」

「差不多。」我說。

「那麼整件事就有頭緒了。不管聽起來多麼不可思議。白馬那三個女人確實掌握某種催動的東西。」

「如果你這麼肯定，那又為什麼要我去找塔克頓太太呢？」

「進一步驗證，」金潔說，「我們知道賽澤．格雷說她有某種本事，我們也知道交易如何進行，我們還知道三個受害者的一些情況。現在我們希望知道更多顧客的情況。」

「如果塔克頓太太看起來不像她們的顧客呢？」

「那麼我們只好到其他地方去調查了。」

「我可能把事情弄糟。」我沮喪地說。

金潔勸我不必把自己想得那麼差勁。

於是，我來到了卡拉韋園的門前。它看起來一點也不像我想像中的納許式房屋，從許多方面看來，卻像是一座小型城堡。金潔答應替我找一本有關納許式建築的著作，可是到現在還沒拿來，所以我只好打腫臉充胖子了。

我按了門鈴，一個精神委靡、穿著羊駝呢外衣的男人開了門。

「你是伊斯特先生吧？」他說，「塔克頓太太正在等您。」

他領我走進一間擺設華麗的客廳。這屋子給我一種很不協調的感覺。每件東西都十分昂貴，卻缺乏格調。牆上有一兩幅好畫，但也有許多很拙劣，還有不少黃色織錦。這時，塔克頓太太走了進來，我便把注意力放在了她身上。

我不知自己對此行到底抱了多大希望，總之現在是感到一種完全不同的氣氛。這兒好像沒有邪氣，塔克頓太太是一位平凡的中年婦女。我想，不特別有趣，也不是非常好的女人。嘴唇雖然塗著厚厚的唇膏，仍然顯得削薄，脾氣也可能不太好，下顎有點向後縮，眼睛是淺藍色的，給人一種老是在斤斤計較物品價錢的印象。她是那種捨不得多給挑夫或衣帽間侍者一分錢的女人。世上多得是她這種女人，只不過很多沒有她衣著昂貴，打扮入時。

「伊斯特先生？」顯然，她對我的來訪十分高興，甚至顯得有點饒舌。「真是太高興見到你了，沒想到你對這棟房子產生興趣。當然，我知道它是約翰．納許建造的，先夫告訴過我，但我沒想到像你這樣的大人物會對它感興趣！」

「啊，你知道，塔克頓太太，這棟房子和納許平常的風格不太一樣，所以令人更覺得有趣，嗯……」

她替我省了繼續說下去的麻煩。

「我恐怕對建築方面的東西，還有考古學之類的，十分外行。希望你不會介意我的無知。」

我當然不會介意，甚至還求之不得呢。

「當然，這些學問都很有意思。」塔克頓太太說。

我說我們這些專家，恰恰相反，對自己所研究的內容都覺得厭煩，不感興趣。

塔克頓太太說她不相信那是真的。接著問我是先用茶還是先看房子。

我不指望喝茶……我只有半小時的時間，於是我說也許先看房子吧。

她領我四處看看，大部分時間她都滔滔不絕，我也省得發表建築方面的意見。

她說，我來得正是時候，因為屋子快要賣掉了。「既然我丈夫去世了，房子便顯得太大了。」雖然她才向仲介商登記了一個星期，但她相信已經有買主了。

「要是房子空了，我便不讓你來看了。我認為真要觀賞一棟房子，裡面一定要住人，你說對吧，伊斯特先生？」

我寧願這是一棟沒人居住、未經裝飾的房子，當然我不能這樣說出來。我問她以後是否還住在這附近。

「說真的，我不太確定。我會先出國旅遊，享受一下陽光。我恨這種陰沉的天氣。實際上，我想在埃及過冬。兩年前我去過那兒，真是一個奇妙的國度，不過我相信你對那裡很熟悉。」

我對埃及一點也不了解，也如此對她這樣說。

「我想你一定是太謙虛了。」她愉快地說，「這是飯廳，八角形的，對吧？沒有拐角。」

我說她說得很對，並且誇獎它比例得當。

看完房子後，我們回到客廳，塔克頓太太按鈴叫傭人送來茶點。送茶點來的，便是那個精神委靡的男僕。茶盤上擺著一個大大的、需要狠狠擦洗一番的維多利亞式茶壺。

塔克頓太太目送他離開屋子後，說道：「我丈夫去世後，服侍他近二十年的那對傭人夫婦堅持要走，說他們要退休了，可是我後來又聽說他們另外找了工作，待遇很好。我覺得給傭人很高的薪水實在沒必要，想想看，僅僅是他們吃的和住的就要花多少錢……更不用說他們的衣服了。」

沒錯，我想，確實很吝嗇。那雙眼睛，還有薄嘴唇，代表著貪婪。

想讓塔克頓太太說話並不困難。她不但喜歡說，還喜歡說她自己。只要專心聆聽、偶爾穿插一兩個鼓勵的字眼，我就能在塔克頓太太不自覺的情況下對她有一定的了解。

我知道她五年前嫁給鰥夫湯馬斯・塔克頓，她比他「年輕太多太多」。她與他在海邊一家大飯店相識，當時她是負責安排打橋牌的女服務員。她不經意地說出了她的過去。塔克頓有個女兒，在附近的學校念書。

「帶女兒出門對男人來說很辛苦，他不知道該如何與她相處。可憐的塔克頓，他是如此孤獨……他前妻幾年前去世以來，他一直很懷念她。」

塔克頓太太繼續訴說往事：她是一個優雅仁慈的女人，對那個衰老而孤獨的男人有了憐憫之心。他的健康一天不如一天，而她卻忠心耿耿。

「當然，在他病重的最後階段，我完全斷了與自己任何朋友的來往。」

談到這兒，我不由得想到，她是不是有一些不受湯馬斯・塔克頓歡迎的異性朋友？所以他才立下那樣的遺囑。

金潔替我在薩默塞特文化中心查過他遺囑的條款。

遺產除了留給老僕人、一對外孫之外，他太太當然也有一份……很充裕，但不是很多。有一筆信託基金，夠她一生享用。至於他那高達六位數的不動產，則完全由他女兒棠瑪希・塔克頓在二十一歲或結婚時繼承。如果她在二十一歲前未婚死亡，這筆錢就給她的繼母。由此看來，他沒有其他家庭成員了。

我想，這是個巨大的誘惑。塔克頓太太相當貪錢……她一直掛念著這筆錢。後來，也許她想到，與其和一個風燭殘年的丈夫廝守，還不如他早日去世，自己便可獲得自由，享受青春和財富。

然而，當看到遺囑之後，她相當失望。她盼望的不是一份中等而固定的收入，她希望有一大筆錢旅遊，購買華麗的衣服、珠寶，或者僅僅是享受有錢的快感，享受錢在銀行裡堆積如山的滿足。

結果那女孩卻繼承了所有的錢！她成了富有的女繼承人。這女孩可能很不喜歡她的繼母，由於年輕氣盛，她的態度便毫不掩飾地表露了出來。這女孩將成為一個巨富，除非……

「除非」？

這個理由充分嗎？

我真能相信那個金髮、美麗而且斯文地談些陳腔濫調的婦女，會向白馬求助，以便讓一個年輕女孩送命嗎？

不，我不相信……

然而，我必須完成我的任務，於是我突然開口道：「我好像見過你的女兒——繼女。」

她有點驚訝地看著我，卻不真的感興趣。

「棠瑪希？是嗎？」

「是的，那是在切爾西。」

「喲，切爾西！是的，有可能……」她嘆口氣，又說：「這年頭的女孩真難管！誰也管不了她們。她父親在世的時候就很擔心她，當然我也無能為力。她根本不聽我的話。」她又嘆了口氣。「當我們結婚時，她差不多已長成大人了，你知道，做繼母的……」她搖了搖頭。

「繼母確實不好當。」我同情地說。

「我給她零用錢，在各方面盡我最大的努力。」

「我相信你會。」

「但這完全沒用。當然湯馬斯不准她對我沒禮貌，可是她逮住機會就找我碴，和她住在一起的確很難過，因此她堅持要搬出去住的時候，我多少鬆了口氣，不過我很理解湯馬斯的感受。她與一群行為不端的人混在一起。」

「我……這點我理解。」我說。

「可憐的棠瑪希！」塔克頓太太伸手撥正一撮金髮，然後看著我說：「哦，或許你不知道，她一個月前死掉了。腦炎。非常突然。我想，年輕人很容易得那種病。真讓人難過。」

「我知道她去世了。」我說。

我站了起來。

「塔克頓太太，謝謝你讓我來看你的房子。」

我們握握手。

當我邁步離開時，又突然轉過身來。

「對了，」我說，「我想你知道白馬，對吧？」

那反應是確鑿無疑的……驚慌，全然的驚慌，不但從她灰白的眼睛裡看得出來，她濃妝的臉孔也瞬間因害怕而變得蒼白。

她尖聲問道：「白馬？你的意思是指什麼？我什麼白馬都不知道。」

我故意流露出驚訝的神情。

「啊，我弄錯了。那是馬奇迪平村一家很有意思的舊酒館。幾天前我去那兒看過。它已重新裝修過，但原來的氛圍還保留著。我想當時有人提過你的名字……或許是你繼女或其他同姓的人去過那裡。」我停了停。「那地方很有名氣。」

我對自己最後的那席話很滿意。

我從掛在牆上的一面鏡子發現，塔克頓太太一直盯著我。她非常非常害怕，我彷彿看到她幾年後的模樣……那是一幅黯淡的前景。

## 14

# （馬克·伊斯特的敘述）

「現在我們已經可以確定了。」金潔說。

「我們之前便挺確定了。」

「是的，想當然耳。但現在更明朗化了。」

我沉默了一會兒，想像著塔克頓太太到伯明罕市政廣場大廈與布雷德先生見面。她神情緊張地說出自己的處境；他用甜言蜜語向她擔保不會有什麼危險（這一點，他一定得再三向塔克頓太太保證）。我能想像她離開時，雖然已萌生了那個想法，卻還不敢完全接受。也許她去看繼女，或者她繼女回家度週末。她們談了一些話，暗示了她要結婚的事。這期間，她想到的只是「錢」……不是一小筆錢，而是一筆使人要什麼有什麼的鉅額財產！可是，這筆錢居然要全部落入一個墮落、行為不良、整天穿著牛仔褲和髒上衣進出切爾西咖啡店的女孩手裡。為什麼那樣的一個女孩，一個沒用而且永遠不會上進的女孩，應該得到那些美妙的鈔票呢？

於是……她又去了一次伯明罕。更多的告誡，更多的擔保。終於，他們談到了條件。我不自覺地笑了笑。布雷德先生一定無法稱心如意，她一定會拚命殺價。但到最後終於達成協定，簽好合約，那麼後來呢？

我的想像在這兒便停住了。接下來的事我們就不得而知了。

我一抬頭，發現金潔正在看我。

她問：「全想清楚了？」

「你怎麼知道我在想什麼？」

「我漸漸了解了你的思維方式。你在思考，你的思緒跟著她……去了伯明罕，接下來又怎樣呢？」

「是的，但我的腦筋在這短路了。當她在伯明罕敲定事情後……接著發生了什麼？」

我們相互對視。

「遲早，」金潔說，「要有人確切查出在白馬所發生的事。」

「怎麼查？」

「我不知道，不是很容易。真正到過那兒做了什麼的人，不會說真話，可是又只有那些人才知道實情。真難辦。我想……」

「我們能不能求助於警方？」我建議道。

「對，畢竟我們已掌握了一些線索，足以展開行動，你認為怎樣？」

我懷疑地搖搖頭。

「有企圖犯罪的證據。但這充分嗎？而且用那種荒唐的『死亡欲望』……哦，」我制止她插嘴，繼續說，「也許不一定荒唐，可是在法庭上這麼說很荒唐。我們對實際的過程連一點概念也沒有。」

「那麼，我們就去把它查出來。只是，怎麼做？」

「要親眼看到或聽到。可是那個大房間根本沒有任何藏身的地方。但我想，事情——不論是什麼——就是在那兒開始的。」

金潔坐直了身子，坐得非常直，像頭精力充沛的獵犬一樣。她說：「只有一個辦法可以發現白馬在玩什麼花招，那便是扮成客戶。」

我看著她。

「真的客戶？」

「對，隨便你或者我，假裝想除掉一個討厭的人。去找布雷德，把事情談妥。」

「我不喜歡。」我尖聲說。

「為什麼？」

「這……這可能很危險。」

「我們會危險？」

「也許吧。不過我現在想的是被害者。我們得找一個被害者……要有真名實姓，不能捏造。她們可能會調查，事實上，我想她們百分之百會調查。你同意嗎？」

金潔想了想，點點頭。

「對，被害者一定要是一個有真實地址的活人。」

「所以我不願那樣做。」

「而且我們一定要有一個真實的理由想除掉他。」

我們沉默了一會兒，各自思考著。

「不管那人是誰，我們都要徵得他的同意。」我緩緩地說，「到時候一定要回答很多問題。」

「必須安排得很完善，」金潔沉思道，「不過還有一件事。你那天說得對極了。這整件事的弱點，就是她們的處境很困難。她們的活動必須保密，但又不能不透露一點風聲，否則便沒有顧客找上門去。」

「我不懂的是，」我說，「警方好像一點都沒有察覺。他們通常都知道有哪些罪惡活動在進行的啊。」

「是的，但我認為最主要的原因是，因為這是一種『業餘』表演，而不是職業性的，沒有任何職業罪犯牽涉在裡面，不像雇用殺手去害人。一切都很……隱祕。」

我說我認為她說得有理。

金潔又說：「假設現在你或者我（我們相互檢查一下可能性），一心想除掉某人，那麼，這個人可能是誰呢？我有個默文老舅舅，如果他逝世了，我會得到一大筆遺產，這個家庭現在只有我和在澳大利亞的幾個表親，所以我可能有謀害他的動機。可是他已經七十多歲，還有點瘋瘋癲癲的，照理說，應該耐心等他自然而然地老死——除非我遇到麻煩需要錢——可是這個理由又實在難以編造。他很討人喜歡，我很愛他。他熱愛生活，我不想剝奪他任何一分鐘的生活樂趣，也不願以此冒險！你怎麼樣？你有沒有闊綽的親戚要留東西給你？」

我搖搖頭說：「一個也沒有。」

「真棘手。換成敲詐，怎麼樣？只是需要編更多的理由就是了。你又沒什麼大不了的缺點，要是你是個議員之類的大人物，情況又不同了，我也一樣。要是五十年前，那事情就好辦得多。和解信、照片什麼的都行，但這年頭已經沒人在乎這些了。他們可以像威靈頓公爵一樣說：『膽敢公開，你就死定了！』好吧，還有什麼藉口？重婚？」她責備地看了我一眼。「可惜你還沒結婚，不然我們便可以編造一點故事。」

我臉上的表情一定洩漏了我內心的祕密。

金潔很快發現了。

「對不起，」她說，「我說了什麼傷害你的話嗎？」

「沒有，」我說，「沒什麼。那是很久以前的事了，我想現在已經沒什麼人知道了。」

「你結過婚？」

「是的。那是在讀大學時。我們悄悄結了婚。她不是……嗯，我家裡的人很反對。我還沒到那個年齡。我們都謊報了年齡。」

我沉默了一會兒，回憶著往事。

「那種婚姻不可能長久，」我緩緩地說，「我現在才明白。她很漂亮，也很甜美，但是……」

「發生了什麼事？」

「我們去義大利度假。發生了意外——車禍，她當場便送了命。」

「那麼你呢？」

「我不在車上。她……和一個朋友在一起。」

金潔飛快地瞥了我一眼。我想她已明白事情的原委了，明白當我發現我所娶的女孩是個不忠實的妻子時的那份震驚。

金潔又提出了一些具體問題。

「你在英國結的婚？」

「是的。在彼得巴勒註冊。」

「但她死在義大利。」

「是的。」

「那麼英國沒有她的死亡紀錄？」

「沒有。」

「那你還擔心什麼？這正是我們求之不得的事！沒有比這更簡便的了！你現在瘋狂地愛上了另一個人，想與她結婚……但你不知道你太太是否還活著。自從幾年前你們分手後，便沒有她的消息了。你要不要冒險呢？不巧就在你想娶另外一個女孩時，你妻子突然出現了！她不但不肯離婚，還威脅你說要去找那個女孩，破壞你們的好事。」

「誰要當我那位年輕的女朋友？」我有點糊塗地問道，「你嗎？」

金潔看起來很驚訝。

「當然不是我。我不是那種類型的人……我比較可能與你同居。不是，你當然知道我指的是誰。我想她正是合適的人選。那個經常與你在一起的漂亮褐髮女孩，很有學問，也很嚴肅。」

「赫米亞．黎可立？」

「完全正確。你的固定伴侶。」

「是誰向你提到她的？」

「當然是帕比。她也很有錢，對吧？」

「她是很有錢，可是老實說……」

「好了，好了。我又沒說你是為了錢才要娶她，你不是那種男人。可是布雷德那樣的卑鄙小人就很容易那樣想……這更好。事情是這樣的：你正想向赫米亞求婚時，你妻子到了倫敦，鬧得不可開交。你要求離婚，她怎麼也不肯答應。後來，你聽說了白馬。我敢和你打賭——隨便你喜歡什麼賭注都行——賽澤和那個智能不足的鄉巴佬貝拉，一定認為那就是你那天到那裡的原因。她們認為你是有意試探，所以賽澤才那麼主動。她們是在向你招手。」

「我想，有這種可能。」

我回憶起了那天的情景。

「然後你去找布雷德，正中他們下懷。你上鉤了！你是他們的希望……」

她興奮而自豪地停了一會，語氣中包含著什麼……但我不是很明白。

「我還是認為，」我說，「他們會很細心地調查。」

「當然。」金潔很贊同。

「要虛構一個復活過來的太太是可以，可是她們一定會打聽細節，像她住在哪兒等等。要是我支支吾吾的……」

「你用不著支吾，為了讓此事天衣無縫，你太太當然得在倫敦——她將會在那兒！用不著沮喪，」金潔說，「我就是你太太！」

§

我凝視著她。或者說，是目瞪口呆地看著她。

我很驚訝她居然沒有笑出來。

我回過神來，她說：「不要那麼驚惶失措，我又不是向你求婚。」

我終於開口道：「你不知道你在說什麼。」

「我當然知道。我的建議切實可行……而且可以免除局外人受到傷害。」

「可是你自己卻很危險。」

「我會小心的。」

「不行，這不行，會露出破綻的。」

「哦，不會的。我已全盤考慮過了。我可以帶著一兩只貼有外國標籤的行李箱，租下一間附有家具的公寓住下來，並用『伊斯特太太』的名字登記。誰會說我不是伊斯特太太呢？」

「認識你的人便知道你不是。」

「認識我的人沒有機會見到我。我會因病暫時離職。我還要染頭髮……隨便問一句，你太太是什麼顏色的頭髮，黑色還是金色？其實這並不重要。」

「黑色。」我面無表情地回答。

「那好，我討厭將髮色弄淺。只要我穿上不同樣式的衣服，多化點妝，到時連我最好的朋友都猜不出我是誰！既然你太太已有十多年沒在你身邊，誰也不知道我不是她。白馬的人又怎會懷疑我不是那個人呢？如果你正準備簽訂攸關我生死的一筆大賭注，那還有誰會懷疑我的真實身分呢？反正你和警方又沒有任何關聯。你是一個真正的客戶。她們只要到薩默塞特行政中心查一查舊紀錄，就可以證實你結過婚。她們還會查出你與赫米亞的戀情是真的。如此這般，還有什麼值得懷疑的呢？」

「你還未了解到它的艱巨性……太危險了！」

「危險？去他的！」金潔說，「我願意幫你從騙子布雷德那裡贏回小小的一百英鎊或不管什麼東西。」

我看著她。我很喜歡她……她的紅頭髮、她的雀斑、她勇往直前的精神。可是我不能由著她去冒險。

「我不答應，金潔，」我說，「假如……發生了什麼事。」

「你說我嗎？」

「是的。」

「那不是我的事嗎？」

「不對，是我把你牽扯進來的。」

她若有所思地點點頭。

「對，你說得或許沒錯。不過是誰先開的頭都無所謂。現在我們都陷進去了……我們必須採取行動。我是很認真的，馬克。我不認為這是開玩笑。如果我們的判斷沒錯，那這種事太讓人噁心、太殘忍了。我們一定要想辦法阻止！你明白，這不是為了仇恨或嫉恨而殺人，甚至不是出自貪婪而殺人或為了謀利而冒險殺人，而是把殺人當作一種職業……不管被害的是什麼人。前提是，」她補充說，「如果這整件事都是真的。」

她用疑惑的目光看了看我。

「是真的，」我說，「所以我才擔心你。」

金潔將兩個手肘撐在桌上，與我開始爭論了起來。

我們徹底討論，你一句我一句地激烈爭辯，不斷重複各自的主張，壁爐上鐘的指針緩緩地移動著。

最後，金潔總結道：「就是這樣了。我已經受到警告。我知道有人想對我下手，可是我絕不相信她能做到！如果每個人都有『死亡欲望』的話，那麼在我身上就從未發展過！我非常健康。一點都不相信光靠賽澤．格雷在地板上畫的那些圖形，或者熙碧走火入魔的表演，便能使我得膽結石或腦膜炎。」

「我想，貝拉還會犧牲一隻白公雞。」我若有所思地說。

「你必須承認那都是騙人的！」

「我們並不知道實際上發生了什麼事。」我指出。

「是的，所以為什麼找出事實才會那麼重要。難道你真相信，三個女人在白馬那間舊馬房做的事，能讓住在倫敦的我染上致命的疾病？你當然不信吧！」

「是的，」我說，「我不信。但是，」我補充道：「我……」

我們相互望著。

「是的，」金潔說，「這就是我們的弱點。」

「我看，」我說，「我們還是調換一下，我到倫敦去，你假裝是她們的客戶，我們另外再編些故事……」

但金潔搖了搖頭表示拒絕。

「不行，馬克，」她說，「那樣不行。原因有好幾個。最重要的一點是，白馬的人早就認識我，知道我是個無憂無慮的人。她們可以從羅妲那兒調查到我生活的所有細節……我沒有與此有關的任何事情。不過你的條件符合上述假設……你是個神經質的客戶，到處打聽消息，但仍無法做出明確表示。對，就照這樣做。」

「不可以。我不想讓你一個人用假名住在一個陌生的地方，沒有人能照顧你。我想，在我們行動之前，最好先通知警方。」

「我同意，」金潔緩緩地說，「事實上我想你該這樣做。哪兒的警方？蘇格蘭警場？」

「不，」我說，「我想最好是通知雷振警官。」

# 15

# （馬克・伊斯特的敘述）

第一眼見到雷振警官，我就喜歡上他。他是那種冷靜、能幹的人。我想，他也是一個富有想像力的人，願意考慮一些不尋常現象的可能性。

他說：「科雷根醫生跟我談起過他與你的會面。從一開始，他便對這件事很感興趣。當然，戈曼神父在地方上相當有名，他很受人尊敬，現在你說有什麼特別的資訊要告訴我們？」

「是關於，」我說，「一個叫白馬的地方。」

「據我所知，它是在一個叫馬奇迪平村的地方吧？」

「對。」

「請講。」

我把第一次在幻想園聽到白馬、我到羅妲家去以及認識那「神奇三姐妹」的事，一一向他道來，並盡可能一字不漏地說出那天下午和賽澤．格雷的談話內容。
「你對她說的話很感興趣？」
我覺得有點尷尬。
「哦，不能那樣講。我的意思是，我不是真的相信……」
「是嗎，伊斯特先生？我覺得你好像很相信呢。」
「你也許說得沒錯，人們都不肯承認自己有多容易相信別人。」
雷振笑了笑。
「不過你還有些話沒說出來，對吧？你到馬奇迪平村去時，已經對這件事很感興趣了。為什麼？」
「我想是因為那女孩看起來那麼害怕吧。」
「花店裡的那位年輕女孩？」
「對。她偶然說出了對白馬的感受，之後又顯得那麼害怕。所以我覺得一定有什麼……嗯，令人害怕的事情。後來我遇見了科雷根先生，他告訴我那張名單的事，其中有兩個我認識的人都死了。還有一個名字聽起來也很熟，後來我才發現，她竟然也死了。」
「是德拉方丹太太？」
「對。」
「請繼續說。」

「於是我決心查出事情的真相。」

「那你從何著手的呢？」

我告訴他，我去拜訪了塔克頓太太，後來又到伯明罕市政廣場大廈去找過布雷德先生。

現在我已提起了他的興趣。他重複著名字。

「布雷德，」他說，「布雷德也攪進來了？」

「你認識他？」

「是的，布雷德先生我們很熟。他已給我們惹了不少麻煩。他是個狡猾的商人，從來不讓我們抓到什麼把柄。他熟稔法律，任何法律漏洞都鑽，所以他往往理直氣壯得很，足足可以寫一本『逃避法律之大全』。不過謀殺——尤其是有組織地殺人——應該不是他的看家本領。不，不是他的看家本領。」

「我已告訴你我們的談話內容，你能不能就此採取行動呢？」

雷振慢慢地搖了搖頭。

「不行，我們不能據此採取行動。首先，你們談話時沒有證人，你們兩人日後都能否認！其次，他要拿任何東西打賭並沒有錯，他打賭某人不會死，結果他輸了，這樣他又何罪之有？除非我們能證明布雷德與實際的罪案有關聯，但我想，這不是件容易的事。」

他聳聳肩，停頓了一會兒又說：「你在馬奇迪平村時，有沒有見過一個姓魏納博的人？」

「有，」我說，「我見過。有一天我還和別人一起去他家午餐。」

「啊！可不可以告訴我他給你的印象？」

「印象很深。他是個很特別的人。殘廢了。」

「是的，脊髓炎。」

「他只能坐輪椅活動，不過，好像行動不便反而使他決心好好享受人生。」

「請你告訴我有關他的事。」

我描述了魏納博的房子、他的藝術珍藏，以及他的興趣範圍。

雷振說：「真遺憾。」

「遺憾什麼？」

他淡淡地說：「魏納博是個殘廢。」

「恕我冒昧，請問你是不是絕對肯定他是殘廢呢？他可不可能……呃，是裝的？」

「我們十分肯定他是殘廢。他的主治醫生是哈利大街的威廉・達格代爵士，絕對值得信賴。威廉爵士向我們保證，他的雙腿完全癱瘓了。我們的小奧斯本先生指認魏納博就是那天晚上跟在戈曼神父後面的人，可是他錯了。」

「我明白了。」

「如我所言，遺憾的是魏納博殘廢了，不然像他那種人是很有可能籌畫出殺人組織的事來。」

「是的，我也這樣想。」

雷振用食指在桌面上畫著一個又一個互相交錯的圓圈，隨後突然抬起頭說：「我們整理了所有這些材料，加上你給我們帶來的資訊後，似乎可以斷定，是有一個專門替人除掉眼中釘的代辦處或組織存在。這個組織不使用暴力，不雇用流氓或槍手，從死者身上，看不出任何暴力的痕跡。除了你提到的三位死者外，我們還知道另外一些人也是自然死亡。也確實有人從他們的死得到很大好處……提醒你，這都沒有證據。

「太狡猾，實在太狡猾了，伊斯特先生。無論這是什麼人想出來的，想得也實在太周密了，這個人的確有頭腦。我們只知道幾個零星的名字，其實老天爺才知道另外還有多少……這件事牽扯得實在太廣了。到目前為止，我們僅僅掌握了一個垂死的女人為了求得寬恕而吐出的幾個名字。」

他惱怒地搖搖頭，然後又說：「那個叫賽澤．格雷的女人，你說她向你吹噓她的『法力』！哼，她偏偏可以逍遙法外。以謀殺罪起訴她，送她上被告席，讓她向上帝及陪審團大肆吹噓，說她利用意志力或咒語什麼的將人們從塵世的苦難中解放出來。根據法律，她無罪。我們調查過，她從來都沒有靠近過那些死者，也沒有寄過有毒的巧克力或任何東西給他們。按她自己的說法，她只是待在家裡，施展精神感應術！哎，這整個事件攤在法庭上只會引起哄堂大笑！」

我喃喃地說：「但露露和安格斯沒笑，沒笑，天國裡的任何一位也沒笑。」

「什麼？」

「對不起，我是在引《不朽的時刻》[16]裡的一句話。」

「嗯，對極了。地獄裡的魔鬼全都在笑，天堂的居住者卻不笑。這是件『邪惡』的事，伊斯特先生。」

「是的，」我說，「如今我們都不太用這個名詞了。可是用在這上面太貼切了。所以為什麼……」

雷振用詢問的目光看著我。

我脫口而出，「我想找一個機會……一個可能的機會，去進一步了解這件事。我和我的一個朋友擬定了一個計畫。你可能會覺得很蠢……」

「我會判斷的。」

「首先，如你剛才所言，你也相信有我們所說的那種組織存在，而且的確發揮了效力。」

「當然是這樣。」

「但你如何知道它是怎樣運作的呢？第一個步驟已擬定了。我稱之為『客戶』的那個人大約聽說過那個組織，後來更進一步得知更多消息，於是遵囑到伯明罕去找布雷德先生，最

16　《不朽的時刻》（*Immortal Hour*）是英國小說家兼詩人威廉．夏普（William Sharp, 1855-1905）以菲奧娜．麥克勞德（Fiona Macleod）為筆名所發表的劇本。

後決定要勇往直前。他和布雷德先生訂好賭約，然後呢，或許是我個人假設，又遵囑到了白馬。可接下來的事我就不知道了！那麼，白馬到底會做些什麼事？一定要有人親自去調查。」

「說下去。」

「除非我們確切地知道賽澤．格雷幹了什麼，事情才能有所進展。你們的法醫吉姆．科雷根說，那些說法全是胡扯，可是真的是胡扯嗎？雷振警官，是嗎？」

雷振嘆了口氣。

「你知道我的答案——任何神經正常的人都會這麼回答——『是的，當然是！』可是我現在是以個人的身分與你交談。過去幾百年裡，發生過許多稀奇古怪的事。七十年前，誰會相信有人在小盒子裡聽見大笨鐘敲了十二下之後，接著又親耳透過窗戶聽見鐘本身發出的十二下響聲？這不是騙局，但大笨鐘也只是敲過一遍而不是兩遍，耳朵聽到的聲音是兩種不同的聲波造成的？你相信你坐在自己的客廳裡，連電線都沒有，便能聽見紐約那邊的人說話嗎？你信不信？哦！這類事太多了。現在連小孩子都習以為常的事，以前卻不可思議。」

「換句話說，沒有不可能的事？」

「這正是我的意思。如果你問我，賽澤．格雷能不能靠動動眼珠或進入迷狂狀態便殺了人，我還是說『不可能』。但我不能百分之百肯定是這樣。或許她真有某種特異功能……」

「是的，」我說，「今天的特異功能看起來是超自然力量，說不定到明天便成了科學的一部分。」

「別忘了，我只是說說而已。」雷振提醒我說。
「老兄，你說話很理智。反正，我覺得一定要有人親自去看看白馬到底在玩什麼花招，我的打算便是，親自去看看。」
雷振凝視著我。
「一切準備都已就緒。」我說。
然後，我把我和金潔擬定的計畫告訴了他。
他皺著眉頭聽完之後，低聲說：「伊斯特先生，我明白你的意思。你的經歷恰好給了你適當的條件，但我不知道你是否了解到，你打算進行的事非常危險……那是一幫危險人物。你也許會有危險，但你的朋友更危險。」
「我知道，」我說，「我知道……我們已經討論過上百次了，我不希望她去扮演那個角色，可是她已下了決心……非常堅定。該死！她就是要那樣做！」
雷振出乎意料地問：「你是不是說過，她是紅頭髮？」
「是的。」我回答，感到很驚訝。
「你永遠爭不過一個紅頭髮的人。」雷振說，「這我太清楚了！」
不曉得他太太是否也是紅頭髮。

# 16 （馬克・伊斯特的敘述）

第二次拜訪布雷德時，我沒有感到一絲緊張，事實上，我還樂在其中。

「融入角色之中。」

臨行前，金潔鼓勵我說。我自己也努力這樣去做。

布雷德先生微笑著歡迎我。

「很高興再見到你，」他伸出肥胖的手說，「看來你已考慮好你的小麻煩了，對吧？嗨，我說過，不用急，慢慢來。」

我說：「我辦不到，事情……呃，真的有些緊急……」

布雷德上下打量著我。他注意到我的緊張神態、我故意避開他的目光，以及伸手很笨拙地放下帽子的樣子。

「好的，好的。」他說，「我們來商量商量。你想用一件事來打賭，對吧？」

「事情是這樣的……」我說著便突然停頓。

我想讓布雷德接下去。他順了我的意。

「我發現你有點緊張，」他說，「很謹慎。謹慎點好。絕對不能說出你母親不能忍受的話！那麼，也許你認為我的辦公室裝有竊聽器？」

我不明白他指的什麼，這種感覺也從臉上表露了出來。

「俗稱麥克風，」他解釋說，「錄音機之類的。我向你擔保，這裡絕對沒有那種東西，我們的談話絕不會被錄下來。如果你不相信，」他的坦率很有鼓動性。「為什麼要相信呢？你可以約個你覺得合適的地方，酒館、車站的候車室等等，我們可以在那些地方討論。」

我說我相信這地方沒問題。

「真是太通情達理了！我可以向你保證，那種事對我們雙方都沒有好處。無論你或我，都不會透露半點……嗯，用法律術語來說，對『我們雙方不利』的事。言歸正傳，我們開門見山。有件事煩擾著你，你知道我同情你，覺得可以與我聊聊。我是個經驗豐富的人，也許可以給你提點建議。常言道，煩惱分擔之後，就只剩下了一半。我們就開始談吧！」

我們就這麼談下去，我結結巴巴地說出了我的故事。

布雷德先生非常機靈，他不時提示一下，使我能順利說完年輕時那段與多琳的戀情，以及我們悄悄結婚的事。

「這是經常發生的事，」他搖著頭說，「經常發生。可以理解！有理想的年輕人，和漂亮的女孩。戀情一觸即發，立即結為夫婦。後來怎樣？」

我繼續告訴他後來的事情。

我故意把細節說得含糊些。我扮演的那個男人不會多談細節。我只要表現出失魂落魄的樣子……一個明白自己當年是個蠢蛋的傻青年。

我讓他以為我們最後發生了爭執。如果布雷德因此以為我年輕的妻子與人私奔，或者我們之間有第三者介入……那就太好了。

「你知道，」我焦急地說，「雖然她不像……呃，不完全像我想像的那樣，但她真的是一個很甜美的女孩。我從未想到她會變成那個樣子……我的意思是，沒想到她的行為會是這樣。」

「她到底對你怎樣了？」

我解釋道，我的「妻子」又回到我身邊來了。

「你覺得她發生了什麼事？」

「我覺得這好像太不尋常了……不過真的出乎我的意料。實際上，我一直以為她死了。」

布雷德看著我，晃著頭。

「一廂情願，一廂情願。她為什麼會死呢？」

「她從來沒寫過信給我，也沒和我聯絡過。我一直沒有她的消息。」

「事實上，是你想完全將她忘掉。」

他自認是心理學家，這個小眼睛的小律師。

「是啊，」我感激地說，「你明白，並不是我硬要與別人結婚。」

「可是現在你想這麼做？呃，對吧？」

「這……」我表現得很不情願。

「來，告訴老爹吧。」討厭的布雷德說。

我有點難為情地承認，是的，最近我正在考慮結婚……

可是我堅決拒絕說出再婚的對象和那女孩的任何細節，我不願她扯進這件事。我不會告訴他關於她的事。

這一次，我明白我的表現又對了。布雷德沒有堅持要我說。他說：「很自然，我親愛的先生，你那段不愉快的往事已成為過去，毫無疑問，你又找到了一個完全適合你的人。她可與你共享文學品味和生活，是真正的心靈伴侶。」

到這時我才察覺，他知道赫米亞的事。事情很簡單，只要稍微調查一下便知道，我只有一個較親密的女朋友。布雷德自從收到我要求面談的信後，一定對我和赫米亞做過全面調查，有了大概的了解。

「離婚怎樣？」他問，「那不是很自然的解決方式嗎？」

我說：「根本不可能離婚。她——我的妻子——聽都不想聽！」

「乖乖，乖乖，我可以問一下，她對你的態度如何嗎？」

「她……呃，她想回到我身邊，她……簡直不可理諭。她明明知道我有了女朋友，而且，而且……」

「手段卑鄙……我明白了。看來沒什麼法子了，除非……可是她還很年輕……」

「她還會活很多年。」我沮喪地說。

「哼，你也未必知道，伊斯特先生。你說她一直住在國外？」

「她是這樣告訴我的。我不知道她一直住在哪兒。」

「也許在西部。你知道的，那些地方容易染上某種疾病……潛伏期有好幾年！等回來後才突然發病，我就知道兩三個這樣的病例。這回或許也碰上了。如果這樣可以使你高興一些，」他停了一下說，「我願意在這上面小賭一回。」

我搖搖頭。

「她還會活很多年。」

「呃，賭不賭由你……不過我們不妨下個賭注：一千五賭一，那女士在耶誕節前就會死去，怎麼樣？」

「快一點！再快一點。我不能等了。有些事情……」

我故意語意焉不詳。不知他是不是會聯想到，赫米亞和我已發展到等不下去的程度了，或者我「妻子」威脅說要找赫米亞的麻煩，或者他以為有另外的男人在追求赫米亞。我不在乎他怎麼想，我只要裝出迫不及待的樣子。

「那賭注就得改一下，」他說，「我們用一千八百比一，賭你妻子活不到一個月。怎麼樣？」

我覺得是拍板定案的時候了，便應了價，還說我無法一下子湊足這一大筆錢。布雷德手段高明，他不知從什麼途徑得知我在緊急的時候可以湊到多少錢。他知道赫米亞很有錢。從他稍後不露聲色地暗示我結婚後會很有錢、不會在乎這點賭金，便可證明此點。而且他知道，我愈急，對他便愈有利，他當然不肯降價。

我接受了這個價錢離開。

我立下一份借據，上面有太多我不太理解的法律術語，我非常懷疑它有沒有法律效力。

「這在法律上有效嗎？」我問他。

「我不認為會扯上法律，」布雷德先生露出一口假牙說，接著又冷笑著說：「打賭就是打賭，要是有人賴帳……」

我看著他。

「我不該提這個，」他平和地說，「真的，我不該提這個……我們不喜歡賴帳的人。」

「我不會賴帳。」我說。

「我相信你不會，伊斯特先生。至於細節方面，伊斯特先生……你說是在倫敦，確切的地址呢？」

「你必須知道？」

「我必須了解所有細節。接下來要做的事，便是要安排你與格雷小姐見面，你還記得格雷小姐？」

我說我當然記得。

「一個神奇的女人。十分神奇的女人。天賦異稟。她會向你要你太太用過的東西，一隻手套、一條手帕之類的……」

「為什麼？到底……」

「我知道你會問，我知道。別問我為什麼，我一點也不知道。格雷小姐喜歡保守她的祕密。」

「會發生什麼事？她要幹什麼？」

「你千萬要相信我，伊斯特先生，我老實跟你說，我一點也不知道！我不知道，而且更重要的，我也不想知道。就這樣吧，用不著多說了。」

他停了一會兒，用一種近乎慈父般的口氣說：「我建議你伊斯特先生，你先拜訪一下尊夫人，安撫一下，讓她認為你願意妥協。我建議你出國幾個星期，等你回來時……」

「然後呢？」

「你趁她不注意時，拿走她日常穿戴的一件衣物，然後去馬奇迪平村。」他思索了一會兒又說，「讓我看看。記得你上次提到你有朋友還是親戚住在那附近？」

「一個堂姐。」

「那就很方便了。那位堂姐毫無疑問會讓你住一兩天吧。」

「去那裡的人都是怎麼安排的？住當地的酒館？」

「我想，往往是那樣。或者他們自己開車到伯恩茅斯，這類事情我也不太清楚。」

「嗯，我堂姐會怎麼想呢？」

「你說你對住在白馬的人很感興趣，想參加一次降神會。再簡單不過了。格雷小姐和她的靈媒們經常舉行降神會。你懂降神會是怎麼回事，雖然你明白全是胡鬧，但還是覺得想開眼界。就這樣，伊斯特先生。你看，再簡單不過了。」

「呃……嗯，然後呢？」

他搖著頭笑著說：「我只能告訴你這些。事實上，我也只知道這些。其他的全部由賽澤·格雷小姐負責。別忘了拿手套、手帕之類的東西。然後，我建議你最好出國做短暫的旅遊。義大利的里維拉這個時候非常迷人。只需要一兩個星期。」

我說我不想出國，只想留在英國。

「很好，那麼，你絕對不能去倫敦，不能去，我慎重提醒你，不能去倫敦。」

「為什麼不能？」

布雷德先生責怪地看著我。

「我們保證客戶百分之百……安全，」他說，「如果他們聽命行事的話。」

「那伯恩茅斯怎麼樣？可不可以？」

「可以，伯恩茅斯很合適。住在酒館裡，交幾個朋友，多跟他們在一起。我們希望……你的生活沒什麼可懷疑的地方。如果你住膩了伯恩茅斯，也可以到托基去。」

他說話殷勤得像旅行社的職員。

我又一次握了他的肥手，告辭了。

# 17 （馬克．伊斯特的敘述）

「你真的要去參加賽澤的降神會？」羅妲問。

「為什麼不能？」

「我不知道你對那種事情有興趣，馬克。」

「不是真的感興趣，」我坦率地說，「但她們三個實在很奇特，我想看看她們到底在玩什麼花招。」

我覺得要表現得輕鬆自如並不很容易。我眼角瞄到狄斯柏正若有所思地看著我。他很精明，生活經驗豐富刺激，是那種可以依直覺感受到危險存在的人。此刻，我認為他嗅到了危險……知道我不是單純的好奇，還有更重要的事情。

「那麼我與你一起去，」羅妲愉快地說，「我一直想去。」

「你不能參與那種事，羅妲。」狄斯柏怒喊道。

「我又不是真的相信靈異那些東西，修。你知道我不相信，我只是去那裡湊湊熱鬧而已！」

「那種事沒什麼好玩的，」狄斯柏說，「很可能真有點鬼花招。而且對『純粹出於好奇』而去的人不會有什麼好處。」

「那麼你應該勸阻馬克。」

「馬克我管不著。」狄斯柏說。

但他又飛快地看了我一眼，他明白，我去那裡的確有目的。

羅妲有些生氣，但過一會兒便好了。那天快到正午時，我們在村子裡遇到賽澤・格雷，賽澤率直地提到了那件事。

「喂，伊斯特先生，今天晚上我們等你來，希望我們會給你一場滿意的表演。熙碧是個了不起的靈媒，可是沒有誰知道結果將會怎樣，但願你不至於感到失望。我首先要求你，心胸一定要開闊。我們永遠歡迎誠實的人前來徵詢……但要是抱著輕浮、嘲笑的態度，那就不太好。」

「我本來也想去，」羅妲說，「可是修的偏見太深，你知道他那種人。」

「反正我也不會讓你去。」賽澤說，「有一個外人已經夠了。」

她轉身對我說：「要不要先與我們一起吃頓簡單的晚餐？」她說，「降神會前我們吃得較少。七點左右怎樣？好，我們等你。」

她點點頭，微笑著，輕快地邁著大步離開了。我望著她的背影，由於太專注，竟然沒聽清羅妲對我說的話。

「你說什麼？真對不起。」

「你最近一直很奇怪，馬克。你來了以後都很怪。有什麼事不對勁？」

「沒有，當然沒有。怎麼會有事呢？」

「是不是書寫得不順暢？」

「書？」我一時想不起什麼有關書的事，便匆匆說：「哦，對啊，書。還進行得不錯。」

「我想你一定是墜入愛河了。」羅妲用責備的口氣說，「對，是這樣。戀愛對男人沒有好處，把他們弄得呆頭呆腦的。女人則正好相反，容光煥發，比平常加倍漂亮。很好玩，對吧，戀愛只適合女人，而且把男人弄得像病綿羊。」

「謝謝你啊！」我說。

「喂，別生我的氣，馬克。我想這是件好事……我也很高興。她真的非常好。」

「誰很好？」

「當然是赫米亞．黎可立。你認為我什麼都不知道？這種事我看得多了。她和你真的是天造地設的一對，既漂亮又聰明，絕對相匹配。」

「這，」我說，「這種話你對誰都可以說。」

羅妲打量著我。

「那倒是。」她說。

她說她去肉鋪有事，我說我要去拜訪牧師家，於是我們便分手了。

「但不是……」臨分手前我補充道，「不是去牧師那裡通報婚禮的事！」

§

去牧師家就像回到自己家一樣。

前門友善地開著，我一走進去，就覺得肩上的擔子輕了許多。

卡索普太太從門廳後的一扇門走進來，出人意料地手裡提著一個鮮綠色的塑膠大桶。

「噢，是你，」她說，「我想應該是你。」

她把桶子遞給我。我不知所措，呆呆地看著她。

「放在門外的樓梯上。」卡索普太太有點不耐煩地說，好像我應該知道怎麼做似的。

我遵命照辦。然後我跟著她走進上次那間並不太明亮的大房間。房子裡有一大堆快熄滅的火，卡索普太太撥撥火，放了根木柴進去，然後示意我坐下，她也坐了下來，眼神明亮焦急地看著我。

「怎樣？」她問，「你做了些什麼？」

她那急匆匆的樣子，就像要去趕火車似的。

「你要我採取行動，我正在進行。」

「好。做了些什麼？」

我告訴了她所有的事。不知不覺地，我把甚至連自己都不太明白的事也告訴了她。

「今晚？」卡索普太太若有所思地問。

「是的。」

她沉默了一會兒，顯然在思索著什麼。我按捺不住自己，便脫口而出：「我不願這樣做。我的天，我真不願這樣做。」

「那你為何要這樣做呢？」

這當然無法回答。

「我太擔心她了。」

她和藹地看著我。

「你不知道，」我說，「她是多麼勇敢。如果她們用什麼方式傷害了她……」

黛安・卡索普太太緩緩地說：「我想不出……我真的想不出，她們如何用你說的方式傷害她。」

「他們好像已經傷害了……其他人。」

「看起來是那樣，沒錯……」她的口氣不太高興。

「除此之外，她不會有事。我們已經把一切可能性都考慮過了。她不會受到什麼實際的傷害。」

「但她們聲稱真的能加害於人，」卡索普太太指出，「她們自稱能控制一個人的精神，讓人生病。如果她們真能做到，便很值得玩味，卻也讓人害怕！一定要阻止這種事發生，這點我們上次已經達成協議了。」

「但擔風險的人是她。」我喃喃地說。

「總得有人去冒險。」黛安．卡索普太太平靜地說，「冒險的人不是你，所以傷了你的自尊心。這點你得忍耐。金潔非常適合她扮演的角色，她能控制自己的情緒，也很機靈。她不會令你失望的。」

「我不是擔心那個！」

「好了，不用擔心啦，這對她沒什麼好處。面對現實。萬一她因這次實驗死了，也非常有價值。」

「我的天，你真狠心！」

「總得有人從最壞的方面去想，」黛安．卡索普太太說，「你不明白那能讓人多鎮定。你馬上就會了解事情沒有你想像的那麼糟。」

她用保證的神情向我點點頭。

「也許你是對的。」我遲疑地說。

黛安．卡索普太太用十分肯定的語氣說，她當然是對的。

我又扯到細節上。

「你有電話嗎？」

「當然。」

我向她解釋道：「等過了……等今晚的事結束之後，我可能會與金潔密切聯繫。我可以每天從你這兒打電話給她嗎？」

「當然可以。羅妲家進出的人很多。我知道你希望沒有人偷聽到你們的談話。」

「我會在羅妲家待一陣子。然後也許到伯恩茅斯去。我不能……回倫敦去。」

「先別管以後，」黛安．卡索普太太說，「先考慮考慮今晚的事吧。」

「今晚……」我站起身，說了句不太恰當的話。「替我……替我們祈禱吧。」

「那當然。」黛安．卡索普太太感到奇怪，我居然提醒她這件事。

當我走出前門時，油然而生的好奇心驅使我問道：「為什麼是那種桶子？用它幹什麼？」

「桶子？哦，那是給學生替教會採草莓和撿葉子用的，醜得很，對吧？但用起來很方便。」

我環顧豐饒的秋景，如此寧靜，如此美麗……

「願天使和牧師為我們祝福。」我說。

「阿們。」黛安．卡索普太太說。

§

我在白馬受到極平常的接待。我不知道自己期望什麼特別的氣氛……但反正不是這樣的氣氛。

穿著一件普通的暗色羊毛裝的賽澤·格雷開了門，很正經地說：「哦，你來了。很好。我們馬上開飯。」

再也沒有比這更實際、更普通的事了。

門廳盡頭的桌子上擺好了簡便的晚餐。我們喝湯、吃蛋餅和乳酪。貝拉侍候我們。她身穿黑色毛長袍，看起來比以前更像義大利文藝復興前期的市民。熙碧打扮得較奇特，她外面套了一件織著金線的孔雀花紋毛織長衫，手上沒戴念珠，卻套了兩個沉重的金鐲子。她只吃了點蛋捲，其他什麼都沒吃。她很少說話，用一種高深莫測的態度與我們保持距離。照理說，這樣應該很懾人，但實際上並沒有，事實上卻顯得很虛假，太像演戲。

大部分時間都是賽澤·格雷在談話，愉快地談論當地的傳聞，很像典型的英國鄉下老處女，除了關心身邊的事，其他的什麼都不關心。

我暗忖，我瘋了，徹底瘋了。這兒有什麼可怕的？就連貝拉今晚看起來也像個傻乎乎的老農婦，和成千上萬其他婦女一樣，沒受什麼教育，天生對知識和增廣見聞不感興趣。

回想起來，我與卡索普太太的談話真是異想天開，我們花費心思想像一堆莫名其妙的事情。我還想到了金潔。金潔染了髮，用了假名，以為會受這三個平庸女人的危害，真是太荒唐了！

晚餐用完了。

「沒有咖啡，」賽澤・格雷歉然說道，「我們不希望過分刺激。」她站起身喊道：「熙碧？」

「好的，」熙碧臉上露出狂喜和出竅的表情說，「我該去準備……」

貝拉開始收拾餐桌。我信步走到掛著舊酒館招牌的地方，賽澤跟著我。

「在這種光線下，你根本看不清。」她說。

的確如此。那個模糊的白影子根本看不出是一匹馬，門廳裡只有一盞暗淡的、燈罩用皮紙做的電燈。

「那個紅頭髮的女孩，她叫什麼名字？金潔吧？上次來這裡時，她說要好好清理修復一下這招牌，」賽澤說，「不過她大概早忘了。」她又補充道：「她在倫敦的一個美術館上班。」

聽人在此時此刻輕鬆自如地提到金潔，真給我一種奇異的感覺。

我凝視著畫作說：「這大概很有意思。」

「當然，不是幅好作品，」賽澤說，「亂畫一通。不過與這地方很匹配，而且至少有三百多年的歷史了。」

「準備好了。」

我們迅速轉過身去。

貝拉從黑暗中走出來向我們招手。

「是開始的時候了。」賽澤說，口氣仍然輕鬆實在。

我跟著她走進了那間改造過的馬槽。

我曾說過，從正屋沒有路直接過去。這是一個漆黑的夜晚，沒有星星。我們從漆黑的夜色中走進點著一盞燈的狹長房間。

馬槽在夜色中變了樣。白天，它像個宜人的書房，現在卻不同了。燈不少，卻都沒點亮。光線是從他處灑進來的，顯得柔和卻很冷冽。地板中央凸起一個像床或沙發之類的東西，上面鋪了塊繡著各種神祕圖案的紫色布。

在房間的另一端放著一個像小火盆的東西，它旁邊有個舊的大銅盤。另一邊靠牆放著一張橡木椅背的笨重大椅子。賽澤指著椅子，說：「坐那兒。」

我遵命坐下。賽澤的態度變了。奇怪的是，我無法準確說出有些什麼改變。這與熙碧所稱的神祕主義沒有什麼關聯，而像是揭開了日常生活的帷幕，帷幕後一個真實的婦女，看來就像外科醫生正要在手術台上動一次困難而危險的手術。當她走回牆邊的一個小櫃，拿出一件像是用金屬線織成的長罩衫時，這種感覺便更強烈了。她又戴上了一副長手套。

「得預先防著點。」她說。

這句話使我覺得有點邪惡。

然後她又特意用低沉的聲音對我說：「我必須特別提醒你，伊斯特先生，你一定要冷靜地坐在你的位子上，絕對不要離開椅子，否則可能不安全。這不是兒戲。我是在和一種力量較勁，對於外人來說，這種力量非常危險！」她停了一下，又說：「你帶了該帶的東西嗎？」

我什麼也沒說，從衣袋裡拿出一只褐色麂皮手套交給她。

她接過手套，走到一盞有活動支架的桌燈旁，打開燈，把手套放到燈下那陰森的光線下，手套由生動的褐色變成了平板的灰色。

她關掉燈，滿意地點點頭。

「很合適，」她說，「戴手套的人身上所發出的氣味很濃。」

她把手套放在房間盡頭像是個大唱機的架子上，然後稍微提高了嗓門說：「貝拉、熙碧，我們準備就緒了。」

熙碧首先走了進來，她那件孔雀花紋的衣服外面，又套了個黑斗篷。進來後，她演戲似地抖開斗篷，斗篷落在地上，像染黑了的水池一樣。她走上前說：「但願今晚一切順利，誰也不知道發生了什麼事。請不要抱持懷疑態度，伊斯特先生，否則會礙事。」

「伊斯特先生不是來嘲笑我們的。」賽澤說。

她的口氣異常嚴肅。

熙碧躺在紫色長沙發上。賽澤俯身替她理好衣服。

「舒服嗎？」她細心地問。
「是的，謝謝你，親愛的。」
賽澤關掉幾盞燈，然後旋轉一個罩蓋似的東西，蓋在長沙發椅上，使熙碧躺下的地方陰影更深。
「燈太亮的話，會影響入神的狀態。」她說。
「好了，我想，我們已準備就緒。貝拉？」
貝拉從陰影裡現身，和賽澤一起向我走來。賽澤用右手握住我的左手，左手握住貝拉的右手，貝拉用左手握住我的右手。賽澤的手又乾又硬，而貝拉的手冷冰冰的，好像沒有骨頭，像毛蟲一樣，我不禁厭惡地顫了一下。
賽澤一定是動了什麼機關，因為天花板上傳來微弱的音樂聲，我聽出是孟德爾頌的〈葬禮進行曲〉。
「舞台場面，」我輕蔑地暗自想到，「浮誇的陷阱！」
我冷靜而挑剔，卻意識到出現了一種我不喜歡的氣氛。
音樂停止了。長時間的等待。聽到了呼吸聲，貝拉的有點像喘息，而熙碧的則沉重而有規律。
突然，熙碧開口了，但發出的不是她本人的聲音，而是一種粗啞的外國腔男低音。
「我來了。」那聲音說。

我的手被鬆開了，貝拉飛快地跑進陰影裡。賽澤說：「晚安。是麥坎德嗎？」

賽澤走到長沙發旁，拉開沙發罩，柔和的燈光照在熙碧的臉上。她似乎已熟睡。這時，她的臉與往常大不相同。

「我是麥坎德。」

臉上的皺紋消失了，看起來顯得年輕，甚至可以說顯得漂亮了。

賽澤說：「麥坎德，你是不是準備服從我的意志和願望？」

那個低沉的聲音說：「我服從。」

「你願不願意保護暫時由你寄身躺在這兒的軀體，使之不受任何傷害？你願不願意將其生命活力獻出，用以完成我的目的？」

「我願意。」

「你願不願意奉獻這個軀體，讓死神經過，並遵從對接受者的軀體有效的自然法則？」

「死者必須被派去造成死亡。如此而已。」

賽澤後退一步。貝拉走上前，拿出一個我看來像十字架的東西。賽澤將這東西倒置在熙碧的胸前，然後貝拉拿出一個綠色小瓶，從瓶裡倒一兩滴液體在熙碧的前額上，又用食指在上面畫了畫。我想，似乎又是上下倒置的十字架符號。

賽澤簡單地對我說：「這是從加辛頓天主教堂取來的聖水。」

她的聲音很平靜，似乎應該破壞了這個魔咒，但事實卻沒有。不知怎地，她這聲音讓整個活動更令人心驚肉跳。

最後，她拿出我們上次看過的那個十分可怕的嘎嘎作響的東西，搖了三下，然後放在熙碧手裡。

她退後一步說：「一切準備就緒……」

貝拉重複道：「一切準備就緒……」

賽澤用低沉的聲音對我說：「我並不認為你會看重這些儀式，對吧？我們就碰到過這種客人。對於你，我敢說，這些只不過是毫無意義的胡言亂語。但不要太自信了。儀式——時間和習慣所造成的這種話語形式，對人們的精神的確有影響。為什麼不少群眾會集體地歇斯底里呢？我們還不知道其確切原因，但這種現象是存在的。我想，這種從古流傳至今的習俗，自然有它不可或缺的功能。」

貝拉出去了一會兒，回來時提著一隻白公雞，雞還是活的，掙扎著想獲得自由。

她拿著白粉筆跪在地板上，在炭盆和銅盆四周畫些符號，然後把公雞的嘴放在銅盆邊的白線上，公雞就那樣不再動彈了。

她繼續在地上畫一些符咒，一邊畫，一邊用沙啞低沉的聲音唱著什麼。我聽不懂她唱什麼，但她顯然表現出一種淫穢的狂喜。

賽澤看著我說：「你不喜歡這些，對吧？這種儀式很古老，你知道，非常古老，是一代一代由母親傳給女兒的死亡符咒。」

我不太了解賽澤的意思。她沒有進一步加強貝拉的可怕表演對我的理智產生的影響，她承擔了說明者的角色。

貝拉的手伸向炭盆，一股搖曳的火焰馬上升起。她撒了些什麼東西在火上，屋子裡馬上瀰漫著濃郁的香氣。

「我們準備完畢。」賽澤說。

我想，這外科醫生要拿起她的手術刀了……

她走到在我看來像收音機架的前面，打開那東西，我才看出是個複雜的電器裝置。那東西電車似的移動著，她推著它，緩慢小心地推到了長沙發旁。

她俯身調整了一下控制器，口中唸唸有詞：「指南針，北北東……度……完畢。」

她拿起手套，放到一個特殊的地方，打開旁邊的一盞紫色小燈。

然後她向長沙發上的那人說：「熙碧．戴安娜．海倫，你已從你凡人的軀體離開，鬼魂麥坎德會小心地替你守護。你現在自由地與這隻手套的主人在一起。像所有的人一樣，她生命的自由就是走向死亡。只有死，才能得到最後的滿足。只有死亡才能帶來真正的和平。所有的偉人都明白這一點。記得馬克白說過：『只有死才能讓人永遠安息。』記住崔斯坦和伊索妲的狂喜。愛與死，愛與死，但最偉大的還是死……」

這些話語不斷湧出，震盪著，重複著……那個像大盒子一樣的機器開始發出低沉的聲音，上面燈光閃爍，我覺得暈眩，神智飄浮。這時，我覺得我再也無法嘲弄什麼了。賽澤釋放的力量正控制著長沙發上的人。她在利用她，利用她達到目的。我隱隱約約地體會到了為什麼奧利薇夫人怕的不是賽澤，而是看起來傻里傻氣的熙碧。熙碧有天賦的法力，和大腦或智力都沒關係。那是一種物理能量，這種能量能使她離開自己的軀體。而分離後的頭腦已不屬於她自己，是屬於賽澤。而賽澤正利用著這暫時屬於她的東西。

沒錯，可是那盒子呢？那盒子是從哪兒來的？

突然，我所有的恐懼都轉移到那個盒子上！它的主人到底想憑它施展什麼陰謀？是不是有一種從肉體產生的射線，對腦細胞產生作用？某個特定的大腦？

賽澤的聲音繼續著：「弱點……總有弱點……在肌肉組織的深處……從弱點產生力量——平平安安死去的力量……走向死亡——用實在的方法，自然的方法。軀體組織要服從大腦……命令它們……命令它們，朝向死亡……死亡，這征服者……死亡……快……非常快……死……死……死！」

她的聲音大起來，像尖聲的嚎啕。貝拉又發出一種可怕的動物叫聲。她站起身，手上的刀閃閃發亮。小公雞發出一陣窒息的咯咯聲，血一滴滴掉進盆裡。貝拉跑過來，把盆子朝前端著。

她叫道：「血……血……血！」

賽澤一把將機器上的手套掃落在地上，貝拉將它撿起來，在血裡浸了一浸，又交還給賽澤，賽澤又把它放回機器上。

貝拉尖利亢奮的叫聲又響了起來……

「血……血……血！」

她一圈一圈繞著炭盆飛跑，然後痙攣地趴在地上。炭盆裡的火光閃了一下，熄滅了。

我覺得很不舒服，什麼都看不清，我的手抓著椅子的扶手，頭好像在空中旋轉……

我聽見咔嚓一聲，那部機器的聲音停止了。

後來，賽澤的聲音又響了起來，清晰而沉靜。

「舊的和新的魔法相交替。信仰的舊意識，科學的新知識，相互融合，超越……」

## 18

# （馬克・伊斯特的敘述）

「喂，結果怎麼樣？」早餐桌上，羅妲熱心地問。

「哦，還不是老套。」我淡淡地說。

我不安地察覺到狄斯柏在打量著我。他是個敏銳的人。

「符咒畫在地上？」

「畫了不少。」

「還有白公雞？」

「當然。那是貝拉最大的樂趣。」

「也有鬼魂附身什麼呢？」

「如你所言，鬼魂附身。」

羅妲顯得有點失望。

「在你看來好像沒什麼意思嘛。」她用不滿的語氣說。

我說這類事情都大同小異。但無論如何，總算滿足了我的好奇心。

後來，當羅妲離開去廚房時，狄斯柏對我說：「你受了點驚嚇，對吧？」

「這……」

我盡量表現得輕鬆些，可是狄斯柏並不好對付。

於是我緩緩地說：「那有些——從某種意義上來說——殘忍。」

他點點頭。

「我們未必真信那一套，」狄斯柏說，「至少在頭腦清醒時不信……可是這類事情就有它的效力。我在東非見得很多。巫醫對人們有很強烈的控制力，而且你不得不承認，有些古怪的事不能用常理去解釋。」

「死亡嗎？」

「嗯，是啊。如果某人知道自己會死，那他就會死。」

「我猜那是暗示的力量。」

「或許是。」

「不過這種解釋你並不滿意？」

「是的，不完全滿意。有些事僅僅用我們西方的科學理論是解釋不通的。這類事情通常對歐洲人產生不了作用（雖然我知道一些產生作用的案例），但要是你把它當成一回事，那它就會沉積在你的血液裡！」

我若有所思地說：「我贊成你的看法，一個人不能過於死守教條。我們這個國家也會發生一些怪事。有一次我到一家倫敦的醫院去。一個女孩得了神經病，說骨頭和手臂疼得不得了，但找不出任何原因。他們懷疑她患了歇斯底里症，醫生告訴她，用燒熱的鐵棒放在她的手臂上，便可治好她的病。問她要不要試試？她同意了。

「治療的時候，那女孩轉開了頭，緊閉著眼，醫生用一根在冷水裡浸過的玻璃棒放在她的手臂內側。那女孩疼得大叫。醫生說：『你現在全好了。』她說：『但願如此，可是太可怕了。燙得好疼！』我感到奇怪的是，不是她真的相信自己被鐵棒燙過，而是她的手臂真的有被燙傷的痕跡，玻璃棒碰過的地方真的起了水泡。」

「她被治好了嗎？」狄斯柏好奇地問。

「是的，好了。那個精神病什麼的再也沒發過。但她得醫治手臂上的燙傷。」

「真神奇，」狄斯柏說，「真是精采，對吧？」

「連醫生自己也很吃驚。」

「我打賭他一定很吃驚……」他好奇地看著我說，「你昨晚為什麼那麼急於想參加降神會？」

我聳聳肩說：「那三個女人困擾著我。我想看看她們到底在玩些什麼鬼花樣。」

狄斯柏沒再說什麼。我認為他並不相信我的話。我說過，他是個很敏銳的人。

我馬上去了牧師家。門開著，但屋裡好像沒人。我去了有電話的小房間打電話給金潔。彷彿過了好久好久，才聽見她的聲音。

「喂！」

「金潔！」

「哦，是你呀。怎麼了？」

「你還好嗎？」

「我當然很好。怎麼會有事呢？」

我感到陣陣欣慰。

金潔沒事，她那熟悉的挑戰姿態令我倍感解脫。我怎麼會相信那一套胡言亂語會傷害正常健康的金潔呢？

「我只是以為你會夢見什麼。」我有點尷尬地說。

「唉，我沒作夢。我也以為會，但結果我只是保持清醒，想看看自己會不會發生特殊事情。結果什麼也沒發生，還讓人真有點生氣。」

我笑了起來。

「往下說……告訴我，」金潔說，「到底怎麼回事？」

「沒什麼特別的地方。熙碧躺在一張紫色的長沙發上，後來就進入恍惚狀態。」

金潔發出一串笑聲。

「真的？太精采了！她是披著天鵝絨，還是全身一絲不掛？」

「熙碧不是蒙特斯潘夫人[17]，這也不是黑色彌撒。事實上，熙碧穿了不少衣服，孔雀藍，上面還繡了不少符咒。」

「如此看來倒有點像熙碧的風格。貝拉幹了些什麼？」

「真有些殘忍。她殺了隻白公雞，還將你的手套泡在雞血裡。」

「啊，噁心……還有呢？」

「還有不少。」我說。

我對自己的行動很滿意，又繼續說道：「賽澤在我面前施展了所有的本事，召來了一個陰魂，名叫麥坎德，我想。另外還有彩燈和吟唱。整個過程給人印象深刻，有些人真會嚇破膽。」

「但嚇不了你？」

「貝拉使我有點害怕，」我說，「她手中拿了一把鋒利的刀，我擔心她會失去理智，把我當作公雞之後的第二個犧牲品。」

金潔固執地問：「沒別的什麼嚇著你？」

「那種事情影響不了我。」

「那為什麼你聽到我說沒事時，好像很慶幸？」

「這，因為……」我欲言又止。

「算了，」金潔安慰地說，「你不必回答這個問題，你也用不著插手管這個問題，一定有些事情讓你難以忘懷。」

「我想，可能是因為她們——我是說賽澤——看起來對結果很有把握。」

「對你告訴我的那種殺人方式很有把握？」金潔用質疑的口氣問道。

「的確很狂妄。」我贊同道。

「貝拉是不是也很有把握？」

我想了想，說：「我認為貝拉只對殺雞和使自己進入一種邪惡的迷狂狀態有興趣。聽她哭號著說『血……血』，真有點心驚膽戰。」

「可惜我沒聽見。」金潔遺憾地說。

「我也替你遺憾，」我說，「那場表演很棒。」

「你現在沒事了，對吧？」金潔說。

「你說的『沒事』是指什麼？」

17 蒙斯特潘夫人（Madame de Montespan, 1641-1707），一六六三年嫁給蒙特斯潘侯爵，一六六七年成為路易十四的地下情婦。一六七四年與侯爵離婚後，正式被封為路易十四的情婦，為他生了七個孩子。

「剛開始講電話時，你並不放心，不過現在好多了。」

她說得很對。她那輕快而正常的聲音鼓舞了我。不過，我內心還是有點佩服賽澤・格雷。雖然整件事可能是胡扯，但它卻實實在在引起了我內心的疑慮。現在沒事了，金潔安然無恙，連噩夢都未做一個。

「那麼我們接著該做什麼？」金潔追問道，「我是不是還要在這裡住一個星期左右？」

「如果我想從布雷德先生那裡贏得一百英鎊，你就得住下去。」

「你不到最後關頭，是不會離開的……你是不是住在羅妲家？」

「暫時住住。然後我會去伯恩茅斯。你一定要每天打電話給我，記住，或者我打電話給你……這樣比較好。我現在在牧師家。」

「卡索普太太好嗎？」

「很好。我把這些事都告訴她了。」

「我想你會的。好啦，再見。這一兩個星期的日子一定很枯燥乏味。我帶了一些工作，還有幾本想讀而一直沒時間讀的好書。」

「你對美術館是怎麼交代的？」

「我說我要外出旅行。」

「你不希望真的去旅行？」

「不很想。」金潔說，她的聲音有點異常。

「有沒有可疑的人接近你？」

「只有那些你想得到的人。送牛奶的、查煤氣錶的，有個女人問我用什麼牌子的藥品和化妝品，一個人要我在要求廢止核武器的聯名信上簽名，一個女人要我捐款給盲人。哦，當然還有好幾個公寓的守衛。他們很有用，其中一個替我修過保險絲。」

「他們都不是壞人。」我評論道。

「你還期盼什麼？」

「我自己也不明白。」

我想，我也許在期盼某些顯露線索的事。

但是，白馬的受害者都是在自由的意志下死去的……不，「自由」這個詞語用得不恰當。那些人體中的弱點種子，是用一種我無法了解的方式種下的。

我認為那個查煤氣錶的人可能是假冒的，但這種看法被金潔斷然否決了。

「他有證件，」她說，「我要求查看證件！他只是登上梯子到浴室裡看看煤氣錶，然後抄下來，別的什麼都沒碰，我可以保證。他絕對沒有機會讓我浴室裡的煤氣漏氣。」

「不會的，白馬不會搞漏煤氣這類事，那太具體了！」

「哦！我還有另一個來訪者，」金潔說，「是你的朋友科雷根醫生。他很好。」

「我猜是雷振要他來的。」

「他似乎覺得我們同姓的人應該相互支援。科雷根萬歲！」

我掛斷了電話，覺得輕鬆不少。

我回到羅姐那兒。她正在草坪上忙著給狗搽藥膏。

「獸醫剛走，」她說，「他說是銅錢癬。我想這很容易傳染。我不想讓孩子或其他的狗染上。」

「或許會傳染給大人。」我說。

「哦，一般都是孩子們比較容易染上。感謝老天，他們整天都在學校……安靜，希拉，別亂動。生這種皮膚癬後，毛會脫掉，還會留下瘡疤，不過會慢慢好的。」

我點點頭，問要不要幫忙，她謝絕了。我求之不得地走開了。

我總在想，鄉下最討厭的一點，便是散步往往不會超出三個方向。在馬奇迪平村不是走加辛頓路，就是往朗科特翰路方向走，或者就只有沿著沙德漢格路朝倫敦方向走。伯恩茅斯的主幹道就在兩英里以外。

到那裡的第二天中午，我已走過加辛頓路和朗科特翰路了。接下來，我只好朝沙德漢格路那邊走。

我便這樣出發了。途中我忽然產生一個念頭：既然普賴斯居就在沙德漢格路邊，我為何不去拜訪一下魏納博先生？

我愈考慮這個念頭便愈想去。我去那裡都不會讓任何人起疑心的。上次來這兒時，羅姐帶我去過一次。我可以很順其自然地問問他，可不可以讓我看看上次沒有機會好好欣賞的珍藏品。

藥房老闆居然會指認魏納博……他叫什麼名字？奧格登？奧斯本？真有意思。按雷振的說法，由於魏納博行動不便，他根本不可能是藥房老闆所看到的人。可是讓人好奇的是，他指認錯的人居然就住在這附近，而且看起來還十分吻合他的描述。

魏納博確實有點神祕，這一點我從一開始就感覺到了。我敢說，他的智商是一流的。而且他具有一種……該怎麼形容呢？對了，「狡猾」的特質，掠奪性……毀滅性。這類人太聰明，不會親自去殺人，但是只要他們願意，便可以安排一次天衣無縫的謀殺。

我愈想愈覺得魏納博便是這種人，是幕後的指揮。可是那個叫奧斯本的藥房老闆說他看到魏納博走在倫敦的一條街上。既然魏納博不可能步行，他的指認也就毫無意義，那魏納博住不住在白馬附近就顯然無足輕重了。

總之，我想，我還是再去看看魏納博先生。於是我便轉進了普賴斯居的大門，走上蜿蜒十五英里左右的車道。

上次那名男僕前來應門，並說魏納博先生在家，要我在門廳稍等一下。

「魏納博先生不是隨時都可以接見客人的。」

他出去了一會兒，然後回來告訴我說，魏納博先生很樂意見我。

魏納博很熱情地歡迎我，推著輪椅前來迎接，像歡迎一位老朋友。

「很感激你來看我，親愛的朋友。我聽說你又到這裡來了，所以正準備今晚打電話給羅妲，請你們一起來吃頓午餐或晚餐。」

我向他致歉，表示我不請自來，說我只是一時興起，本來只想散散步，卻不知不覺便走到這附近了，於是便當了個不速之客。

「其實，我想再看看你的那張蒙古小畫像，上次我沒時間仔細看。」

「你當然沒仔細看，很高興你欣賞那些東西，確實很精緻。」

我們接著談了些很專業的話題，我承認，我很高興能再仔細地欣賞他的珍藏品。

茶點端來了，他堅持要與我一起享用。

茶點不是很合我的胃口，但我很喜歡冒著熱氣的中國茶和沏茶的精緻茶杯。他們還上了一些熱鯷魚吐司、幾塊老式李子蛋糕，這不禁令我回想起小時候在祖母家喝茶點的情景。

「自己做的吧。」我讚賞地說。

「當然，我們家從來不吃買來的糕點。」

「我知道你的廚師手藝很好。你不覺得你住在這麼偏遠的地方，要留住一名好廚師很難嗎？」

魏納博聳聳肩，說：「我必須要有最好的，我堅持這樣做。當然，必須付出代價！不過我願意付。」

由此可見他高傲的天性。我淡淡地說：「一個人幸運有能力那樣做，那當然能解決許多問題。」

「你知道，這完全取決於一個人對生活要求些什麼。只要一個人意志堅強，那就夠了。太多的人只知賺錢，而不明白錢對於他們的意義。結果，他們便成了一般所謂的賺錢機器、金錢奴隸。他們每天一早去辦公室，再摸黑回家，從來不會停下來享受生活。他們賺了錢幹什麼呢？車子更大、房子更大、老婆或情婦更會花錢……還有，依我看，頭也更大。」

他俯身向前又說道：「只知賺錢……大部分有錢人都是這樣。賺錢是他們唯一而終極的目的。可是為什麼呢？他們不會停下來問問自己究竟是為了什麼？他們不會。」

「你呢？」我問。

「我……」他笑著說，「我明白我的需求。我永遠有無限的閒暇去欣賞這個世界上的美麗事物，無論是天然的還是人造的。既然這幾年我已不能外出欣賞自然美景，那就只有讓它們從世界各地集中起來供我欣賞了。」

「但首先得有錢。」

「是的，一個人總得衡量自己的開支。這當然需要周密的計畫。但現在已經用不著……用不著去當下賤的學徒了。」

「我不太明白你的意思。」

「伊斯特，這是個快速發展的社會。社會總是在不停變化，但現在的變化更劇烈，一個人一定要利用這個時機。」

「快速發展的社會。」我思忖道。

「它使人有新的展望。」

我語帶歉意地說：「你知道，正在與你交談的是個面對相反方向——回顧過去——而不是朝向未來的人。」

魏納博聳聳肩道：「未來？誰能預見？我說的是現在、目前、這一刻！其他事情我都不管。新技術現在到處都在運用，我們如今有許多會回答問題的機器，人需要幾個小時甚至好幾天才能回答的問題，那些機器幾秒鐘就解決了。」

「電子計算機？電腦？」

「就是那一類的東西。」

「那麼機器是不是最終將取代人的位置呢？」

「取代人，是的。我是指那些只會盲目付出勞力的人。但真正的人不會被取代。應該有操縱機器的人、能運用思想的人。」

我懷疑地搖搖頭。

「人，超人？」我有意在語氣中帶上一點輕蔑。

「為何不能，伊斯特？為何不能？記住，我們對人類這種高級動物已經逐漸有所了解，所謂『洗腦』——此稱未必正確——的應用，已經開啟了這個方向的很多可能性。不僅人的身體，就連大腦也會對某些刺激產生反應。」

「一種危險的學說。」我說。

「危險？」

「被醫治的人很危險。」

魏納博聳聳肩，說：「所有的生命都存在危險。別忘了，我們是在文明的狹縫中長大的。所有的文明都是這樣，伊斯特。在狹縫中長大的人，零零星星地聚合起來，其目的是為了共同抵禦、戰勝並控制大自然。他們戰勝了叢林，可是這種勝利是短暫的。叢林隨時有可能再度掌控人類。往昔風光絢麗的城市，現在可能已荒無人跡，滿目雜草，剩下一些苟延殘喘的人類，別的什麼都沒了。生活本來就很危險……不能忘記這一點。最後，不僅是大自然的力量，人類雙手創造的東西也可能毀滅自己。我們現在便很接近這種時刻……」

「這當然無人否認。但我感興趣的是你的能量理論——控制大腦的能量。」

「呃，那個……啊，」魏納博馬上顯得有點尷尬。「也許我太誇張了。」

他的尷尬和對上述理論的退縮很有意思。魏納博大部分時間深居簡出，一個孤獨的人需要有人與他聊聊天，什麼人都行。魏納博今天與我談了這番話，也許並不十分明智。

「人，超人，」我說，「你知道，你真的給了我一些當代的觀念。」

「當然，不是什麼新東西，關於超人的理論早就有了，整個哲學理論都建立在上面。」

「沒錯，不過在我看來你所指的超人有點不同。像是他能控制力量，對方卻不知道。他只要坐在他的椅子上便能操縱一切。」

我一邊說一邊看著他。他卻笑著說道：「伊斯特，你以為我是那種角色？我真想如此。

人總需要一些東西來補償……像這！」

他的手滑落到膝蓋的毯子上，我聽出他的聲音中突然有一種辛酸。

「我不想對你表示同情，」我說，「同情對你這種人一點好處也沒有。不過讓我們假設有這麼一個人，他能把事先看不見的災難變成真的……我覺得，你正是那種人。」

他輕快地笑了起來。

「你過獎了。」

他很高興，我看得出來。

「不算過獎，」我說，「我這輩子也見過不少人，當我遇見藏有特殊才能的人，我會識別出來。」

我擔心說得太過分了。但稱讚永遠不嫌過分，不是嗎？好個令人沮喪的想法！自己心裡要明白不能自鳴得意。

「不曉得，」他思忖道，「你為什麼這樣說？憑著那些？」

他隨意指指房間的東西。

「那些東西只是證明，」我說，「你是個富人，懂得怎樣花錢，有鑑賞眼光和品味。但我感到還有比這些更多的東西。你特意蒐集美麗、有趣的東西，也暗示過，那些東西不是靠勤勉做苦工便能掙來的。」

「很正確，伊斯特，很正確。我說過，只有傻子才去做苦工。一個人必須周密地考慮、籌畫。成功的訣竅其實都很簡單……但必須想得到才行！簡單至極。想出計畫，然後付諸實踐，就是這樣！」

我看著他。簡單至極……就像除掉眼中釘？除了被害者，對誰都不會造成傷害。魏納博先生坐在他的輪椅上，帶著銳利的鷹勾鼻和突出的喉結，指揮著。指揮誰？賽澤．格雷！

我看著他。

「這種遙控的方式，讓我想起賽澤．格雷所說的怪事。」

「啊！親愛的賽澤．格雷！」他的語氣十分平靜、寬容（他的眼睛是不是故意閉了一下？）。「那兩個可憐的女人光是扯些荒唐事！你知道，她們真的迷信那一套，你有沒有參加（我相信她們會邀請你參加）她們的降神會？」

我迅速思考了一下應該怎樣回答。

「是的，」我說，「我……我參加過一次降神會。」

「你不覺得那很荒唐嗎？或許給你留下了深刻的印象？」

我避開了他的目光，裝成很不安的樣子。

「我……呃，我當然不相信那一套，她們看起來是很虔誠，但是……」我看看手錶，說：「沒料到時間這麼晚了，我必須趕快回去。我的堂姐會納悶我到什麼地方去了呢。」

「謝謝你在這個無聊的下午讓一個殘廢的人很開心。替我向羅妲問好，不久我們再找時間一起吃頓便飯。明天我要去倫敦，蘇富比有一場很有意思的拍賣會，是中世紀法國象牙製品，精巧極了！要是我能弄回來，相信你一定會很欣賞。」

我們就在這種愉快的氣氛中分手。

他看到我談起降神會的窘態時，眼裡是否有一抹愉悅又不懷好意的神色？我想是，但又不肯定。我感到自己現在又在一廂情願地想像了。

# 19

## （馬克・伊斯特的敘述）

我走進暮色裡。夜幕已降，天空很暗了，因此我小心翼翼地走下蜿蜒的車道，又回頭看了看那扇屋裡已亮了燈的窗戶，一不小心，撞上了一個正從前面走過來的人。是個矮小結實的男人。我們相互道了歉。他的聲音渾厚低沉，語氣和善拘謹。

「對不起……」

「沒關係，是我的錯，我想你……」

「我從前沒來過這裡，」我解釋說，「所以有點弄不清楚方向。我應該帶個手電筒來。」

「我有。」

對方從衣袋裡拿出一支手電筒，開亮之後遞給我。藉著手電筒的光線，我看出他是個中年人，有著小天使般的圓臉蛋，留著短鬍子，戴副眼鏡。他披一件高級的雨衣，整個人看起來很穩重。但我仍然很詫異，他既然有手電筒，為何自己不用呢？

「呃，」我有點笨拙地說，「我發覺我離開車道了。」

我走回車道上，隨即把手電筒還給他。

「我現在知道路了。」

「不，不，你拿著，到大門時還我。」

「可是你……你不是要進屋子裡去嗎？」

「不，不，我和你同一個方向，呃……沿車道去公車站。我要搭車去伯恩茅斯。」

「我知道了。」我說。

我們並肩一起走。我的同伴看起來有點不安。問我是不是也要去搭公車。我回答說我就住在附近。

我們又沉默了一會，我發現我的同伴愈來愈不好意思。他是那種不想讓人誤會他的人。

「你剛拜訪過魏納博先生？」他清清喉嚨問道。

我說是的，又說：「我還以為你要進那個屋子去呢。」

「不，」他說，「不，老實說……」他停了停又說：「我住在伯恩茅斯……至少是在那一帶，我剛剛搬進一棟小平房。」

我突然想起了什麼。最近我聽說過伯恩茅斯的一棟平房的事。我努力回憶的時候，他似乎變得更不安了。終於，他又開口道：「你一定覺得詫異。當然，我承認是有點奇怪，這時在人家屋子附近閒逛，而且，呃，這人還不認識屋主。我的理由有點不好解釋清楚，但我確實有理由。我只能說，雖然剛搬到伯恩茅斯，可是我在那個小地方有點小名氣，我可以找幾個有身分的人來替我證明這一點。其實，我本來是個藥房老闆，最近剛賣掉倫敦的祖業。退休到那個我一直很喜歡的地方，我的確是很喜歡。」

我突然豁然開朗，我想我知道這個矮小的男人是誰了。這時，他仍然繼續往下說：「我的名字叫奧斯本，查考利．奧斯本，我說過，我在倫敦有一份相當不錯的祖業……巴頓街，派汀頓格林。先父在世時，那附近的環境很不錯，可是現在變糟了……呃，對，變化很大。世界變得愈來愈糟。」

他嘆口氣，搖搖頭。

然後他又說：「這是魏納博先生的家，對吧？我想，呃，他是你的朋友？」

我故意說：「算不上朋友。今天以前我只見過他一次，我的幾個朋友帶我到他家吃過一次午餐。」

「哦，我明白了……是的，原來如此。」

這時我們已走到大門口。

走出大門時，奧斯本先生猶豫地站著，我把手電筒還給他。

「謝謝你。」我說。

「別客氣。你人很好。我……」他停了停，隨後又急匆匆地說：「我不希望你認為……我的意思，從表面上看，當然，我是侵入私人住宅，但我可以向你保證，我並非不懷好意。

你一定覺得我很奇怪，我很想解釋，嗯，呃……澄清我的立場。」

我靜靜地聽著。看來這是最好的辦法。不管怎樣，我的好奇心被激了起來，並企望得到滿足。

奧斯本先生沉默了一會兒，最後終於像是下定了決心。

「我真的很願意向你解釋，嗯，呃，伊……」

「伊斯特。馬克·伊斯特。」

「伊斯特先生，我說過，我很想向你解釋一下我的怪異行為，你有時間嗎？這裡走五分鐘便可以到大馬路。車站附近有一家加油站附設的小咖啡館，還不錯。我要搭的公車二十分鐘後才會到，不知你肯不肯賞光與我喝杯咖啡？」

我接受了邀請，一起上了路。

路上，奧斯本先生恢復了鎮靜，輕鬆地聊起了伯恩茅斯的音樂會、天氣，以及住在那兒的上流人士。

加油站就在轉角處，公車站在其後方。那裡有家整潔的小咖啡館，除了一對年輕人在角落裡，就沒有別的人了。

我們進去之後，奧斯本先生點了兩杯咖啡。

然後他俯身向前，向我傾吐他的心事。

「這一切都因為一個案子，你可能不久前也在報上見過相關的報導。案子並不離奇，也不是特別聳人聽聞。案子與我在倫敦店鋪那附近的一位羅馬天主教神父有關。某天晚上，他被跟蹤後又被殺死。很慘。這年頭這種事太多了。雖然我不是天主教徒，可是我相信，他是個好人。不管怎樣，我得解釋一下我的特殊嗜好。警方曾宣布，他們急於尋找戈曼神父遇害那晚見過他的人。正好那晚八點左右我站在我的藥房門口，看見戈曼神父經過，還看見他後面不遠處有個長相特殊的人。那時我當然沒在意，但我是個喜歡觀察人的人，伊斯特先生，我習慣記住人們的長相。有不少到我藥房來的人都被我這種特長嚇了一跳，我會問一問：『嗯，對，您三個月之前也拿過同樣的處方來，對吧？』你知道，他們都很高興被人記住。我認為這對做生意有好處。總之，我向警方陳述了我看到的那個男人的長相。他們向我道謝之後事情便告一段落了。

「接下來我要說的是事件中最奇異的部分。大約十天前，我參加了這村子舉辦的一次教區園遊會，驚訝地發現，我竟然見到了剛才提到的那個男人。我想，他必定是遇到了什麼意外，因為他坐在輪椅上。我打聽後，知道他是本地的一位富人，叫魏納博。我考慮一兩天後，還是決定寫信告訴原來聽我報案的那位警官。他便來到了伯恩茅斯……對，他是雷振警官。他好像很懷疑這人真是我那晚看見的人。他告訴我魏納博已癱瘓多年。他說，我必定是認錯人了。」

奧斯本先生突然停下來。我攪了一下面前的咖啡，小心地喝了一口。奧斯本先生在自己的咖啡杯裡加了三塊糖。

「呃，他的看法好像沒錯。」我說。

「是的，」奧斯本先生說，「是的……」

他的聲調很沮喪。

然後他又俯身向前，光禿的圓頭在電燈的照耀下發著光，鏡片後的眼珠閃爍著狂熱的光芒。

「我還必須解釋一下，伊斯特先生，我小時候，先父一位開藥房的朋友曾在法庭上指認瓊·保羅·馬里戈——你可能也記得——他用砒霜毒死了他的英國籍太太。先父的那個朋友在法庭上認出他是那個用假名到藥房買了砒霜的人。馬里戈後來被吊死。那件事給我印象很深，當時我只有九歲，一個敏感的年齡。所以，我最大的願望是有一天能親自參與一件轟動的案件，並讓一名凶手伏以正法！大概就是從那時候起，我養成了記住別人相貌的習慣。你也許覺得這很可笑，伊斯特先生，可是多年以來，我一直在想，說不定有個想除掉太太的人會到我藥房來買他需要的毒藥。」

「我想，或許是第二個瑪德琳·史密斯[18]。」我湊趣道。

「對極了，老天爺！」奧斯本先生嘆口氣說，「但這種事並未發生。或許，有這樣的人逃過了法網。我敢說，這種事經常發生。所以，這次指認的結果雖然未能如願，但至少我有可能成為法庭上的證人。」

他臉上呈現出孩童似的喜悅。

「你非常失望。」我同情地說。

「是……是的。」奧斯本先生的聲音又流露出不滿的奇怪聲調。

「我很固執，伊斯特先生。時間一天天過去，我卻愈來愈相信自己是對的。我看見的那個人只可能是魏納博，不會是別人。噢！」

我想開口說話時，他伸手止住我，又說：「我知道，那天晚上霧很濃，而且我和他有段距離，但警方忽略的是，我確實仔細研究過他，不僅是突出的鼻子、大喉結等五官特徵，還有他頭部的形狀、頸部與肩的角度。我對自己說：『算了，算了，承認自己認錯了吧。』但我心裡一直覺得自己沒錯。警方說不可能。但真的不可能嗎？我一再問自己。」

「當然，像他那種殘廢……」

他搖著食指止住我，說：「是的，是的，可是憑我的經驗——你要是知道人們如何打算，又怎樣讓自己脫身，一定會很驚訝！我不是說醫生都容易受騙——要是有人裝病，他們很快就會診斷出來……可是有些部分，藥房老闆的判斷比醫生更靈。例如某些表面看起來沒什麼害處的藥，卻可以讓人發燒、皮膚受感染、喉嚨乾燥或者長腫瘤。」

18　瑪德琳．史密斯（Madeleine Smith, 1835-1928）法裔英國人。被控在可可中下砒霜毒死其法國情人，後獲無罪開釋，此案因而成為世紀大懸案。

「可是要讓人癱瘓很難吧。」我指出。

「是的，是的。可是誰說魏納博先生的腿真的癱瘓了呢？」

「是……是醫生吧，我猜。」

「是的。但我也查過一些那方面的材料。魏納博先生的醫生住在倫敦哈利大街。是的，他第一次來這裡時，本地的醫生見過他，可是那醫生已退休到國外去了。現在這個醫生從未來這裡替魏納博先生診療過，魏納博先生自己一個月去一次哈利大街。」

我詫異地望著他。

「不過我還是覺得這裡面沒什麼破綻。」

「你不了解我所聽過的一些事，」奧斯本先生說，「隨便舉個例子你就懂了。某位H太太領了一年多的保險費，而且在三個不同的地方領，不過她在一個地方是C太太，另一個地方又是另一位T太太……C太太和T太太把保險卡借給這位太太是有代價的，所以她同時領到三份保險金。」

「我不明白……」

「假設，只是假設……」他的食指揮動得更厲害了。「魏納博先生與一名環境困苦的真正癱瘓者有聯絡，他擬定了計畫。我們姑且認為這人只是長得有點像魏納博先生而已。這名真患者自稱魏納博，然後去檢查，全都沒什麼問題。後來魏納博先生搬到了鄉下，地方上的醫生很快便要退休，於是那位真患者又去醫生那兒檢查，你看！魏納博先生就有了雙腿癱瘓的病史，鄉鄰看到他時（僅僅是看到他時），他總坐在輪椅上。如此而已。」

「他的貼身僕人會知道的。」我反駁道。

「但說不定他們是同黨，那僕人是他的手下。這還不簡單嗎？也許還有一些僕人也是同黨。」

「但這是為了什麼？」

「呃，」奧斯本先生說，「那就是另外一回事了，對吧？我不想告訴你我的理論……我想你一定會笑我。但總之，要是有人想得到不在場證明，那便是最好的證明了。他可以在這裡、在那裡或隨便什麼地方，沒有人知道。看見他在派汀頓步行？不可能！他是個住在鄉下的可憐殘廢。」

奧斯本先生看看他的手錶，說：「我的車子快到了，我得快點。我一直在思考這件事，想看看我有沒有辦法證明它，於是我便來到了這兒（這一陣子我有空，有時候我真懷念做生意的時光），說得難聽一點，便是想刺探一下。你會說，這樣不太好吧，我也同意。但我是為了要澄清事實，要讓一個罪犯落入法網……如果我剛好看到魏納博先生在園子裡散步，哼，那就好啦！然後我又想，要是他們不那麼早把窗簾拉上（你或許注意到在還有些許日光的時候，一般人不會拉上窗簾，他們總是習慣性地認為一小時後天色才會變暗），我或許可以潛入屋子偷看一下屋子裡的情形，他也許沒想到有人在注意他，便在他書房中起身走動？他怎麼會料到呢？他還不知道有人在懷疑他呢！」

「你為什麼這麼肯定你那晚看到的是魏納博？」

「我知道就是魏納博！」

他站起身來。

「車來了。很高興遇到你，伊斯特先生，向你解釋了我為什麼出現在普賴斯居後，我感到輕鬆多了。但我還是認為你一定覺得挺荒唐的。」

「未必，」我說，「但你還沒告訴我，你認為魏納博先生在幹什麼。」

奧斯本先生看起來有點尷尬和羞澀。

「我說了你可別見笑。人人都說他有錢，但好像沒人知道他是怎麼弄來的錢。我告訴你我的想法。我認為他一定是個罪犯頭子之類的。你知道，擬定計畫，再叫手下去執行。你也許覺得這種想法很蠢，但我……」

車到站了。

奧斯本先生跑了過去。

回家的路上我思緒萬千。奧斯本先生說得有些玄，但我得承認，那也不是不可能。

# 20
## （馬克・伊斯特的敘述）

第二天早上，我打電話給金潔，告訴她我第二天便要到伯恩茅斯去了。

「我相中了一家安靜的小旅館，叫『鹿園』（天知道為什麼）。它有幾個隱祕的側門，說不定有機會我還可以溜到倫敦去看看你。」

「你真不該來。可是你能來實在太好了。這裡無聊透了！你一定無法想像！如果你能來這兒，我可以溜到外面見你。」

什麼事情突然使我一陣吃驚。

「金潔！你的聲音……怎麼有點異樣？」

「呃，沒什麼。別擔心。」

「可是你的聲音……」

「我只是喉嚨有點疼，如此而已。」

「金潔！」

「聽著，馬克，誰都可能患上喉嚨痛。我猜是感冒初期的症狀。」

「感冒？不，不能小看它。你是不是真的沒事？」

「別小題大做。我沒事。」

「確切地告訴我你的感覺如何。你真的覺得是快感冒的症狀嗎？」

「這……也許。不只是這樣，你知道這種事……」

「有發燒嗎？」

「呃，好像有點發燒……」

我坐著，只覺得渾身冰涼。我明白不僅我害怕，不論金潔怎麼否認，她也有些害怕。

她的聲音又響起。「馬克，別驚慌。你有些驚慌……真的沒什麼可驚慌的。」

「也許沒有。但我們事事都得小心。打電話給你的醫生，要他去看你，馬上！」

「好的……但他會認為我小題大做。」

「別管這個了。快去做！然後，等他走後，打電話給我。」

掛上電話後，我長時間默默地坐著呆看著電話。我驚慌……我絕不能驚惶失措。這個季節本來就很容易感冒，醫生會這樣說。或許是著了點涼……

我彷彿又看見了熙碧那件孔雀花紋、繡有邪惡符咒的衣服，彷彿又聽見了賽澤指揮若定的聲音，以及貝拉一邊哼著惡毒的小調，一邊抓著那隻掙扎的白公雞的情景。

胡扯，全是胡扯……這些全是迷信又荒唐。

那個盒子。不管怎樣，要忘掉那盒子可不容易。那盒子代表的不是人類的迷信，而是科學可見的發展。但那又太不可能了，不可能……

卡索普太太發現我看著電話發呆，馬上就問：「發生了什麼事？」

「金潔，」我說，「不太舒服。」

我希望她說那太荒唐了，我希望她給我打氣，但她並沒有鼓勵我。

「糟糕，」她說，「是的，我認為太糟糕了。」

「不可能的事，」我鼓足勇氣說，「她們不可能做到她們聲稱的那種事。」

「是嗎？」

「你不會相信吧？你不可能相信……」

「親愛的馬克，」黛安．卡索普太太說，「你和金潔都已承認有這種可能性，否則你們便不會這樣做了。」

「我們愈相信，事情就愈糟……弄得就像真的！」

「你們還沒有完全相信，你們只是承認或許有這回事，不過，只要有證據，你們就可能會相信。」

「證據？什麼證據？」

「金潔生病了就是證據。」黛安．卡索普太太說。

我的聲音也憤怒地提高了。

「你為何這樣悲觀？僅僅是小小的感冒而已，你為什麼要朝最壞的方面想呢？」

「因為如果事情真的很糟，我們就得面對現實，不能像駝鳥一樣把頭埋在沙子裡。」

「你認為那些荒唐的胡言亂語真有效力？那些符咒、殺雞的操作真能害人？」

「某些東西的確有效力，」黛安．卡索普太太說，「這是我們必須面對的事實。當然，我想，她們做的許多事僅僅是煙幕，只是為了造成一種氣氛……氣氛很重要。可是在那些煙幕中，必定有什麼真的東西，這東西便能產生作用。」

「譬如說從遠處產生作用的電波？」

「差不多吧。你知道，人們始終在不斷地發明新東西。某些歹徒便可能把這些新東西用在私人目的上，賽澤的父親是個物理學家，你知道……」

「什麼，什麼？那個該死的盒子！如果我們能將它弄來檢查一下，如果警方……」

「警方不見得有辦法拿到搜查令，也不見得比我們更有效果。」

「要不要我去把那該死的東西毀了？」

黛安．卡索普太太搖搖頭。

「從你告訴我的情況看來，禍根……如果有災禍，是在那天晚上便種下了。」

我把頭埋在手掌裡，痛苦地說：「但願我們從一開始就沒插手這件倒楣事。」

黛安．卡索普太太果斷地說：「你們的動機很好。可是現在說這些也沒什麼意義了。等會兒醫生去過之後，金潔會給你打電話。她大概會打到羅妲那兒去吧，我想……」

我想了起來，於是說：「我最好盡快趕回去。」

「我好蠢！」我正要離開時，黛安．卡索普太太突然說，「我真是太蠢了。幌子！我們都被幌子欺騙了。我覺得我們現在所想的事，正是她們所希望的。」

或許她是對的。但我不知道自己還能思考什麼。

金潔兩小時後來了電話。

「醫生來過了，」她說，「他好像有點詫異，但他說大概是感冒了。最近感冒的人很多。他要我上床休息，還開了些藥。我的體溫很高，不過感冒也一樣會發高燒，對吧？」

儘管她說得挺勇敢，可是那沙啞的聲調裡，卻含有求援的意味。

「你不會有事的，」我沮喪地說，「你聽見了嗎？你不會有事的。你覺得很不舒服嗎？」

「是的。我發燒，疼痛，到處都疼，腳和全部皮膚。我怕碰到任何東西……全身發熱。」

「發燒的緣故，親愛的。聽著，我馬上就來看你！馬上動身。不，不要與我爭執了。」

「好的。我很高興你來，馬克，我其實並沒有自己想像的那麼勇敢……」

§

我打電話給雷振。

「科雷根小姐病了。」我說。

「什麼？」

「你聽到我說的了：她病了。她剛看過她的家庭醫生，醫生說可能是感冒。或許是，或許不是。我不知道你能做些什麼。我只想找個專家看看。」

「哪方面的專家？」

「精神科醫生，或者精神分析專家、心理學家。反正是對暗示作用、催眠術、洗腦之類的事有些研究的人。有沒有處理這方面的人？」

「當然有。是的，內政部有一兩個人對這方面很在行。你說得對。可能是感冒，也可能是一般人還不太了解的心理疾病。老天爺，伊斯特，也許這正是我們所期望的呢！」

我砰的一聲掛斷了電話。我們有可能從這件事上對那些心理武器有所了解——但我所關心的只是金潔，勇敢的她也感到害怕。我們真的不相信那種事——或許我們相信？不，當然我們不信。那只是兒戲。

但它並不是兒戲。

「白馬」正在證明它的存在。

我把頭埋在雙手裡，呻吟著。

# 21（馬克·伊斯特的敘述）

我懷疑我是怎麼挨過接下來那幾天的。以我現在看來，整個事件就像毫無形狀、令人眼花撩亂的萬花筒。金潔被送到了一家私人療養院。只有在探望時間才能見到她。

我認為，她的醫生一定會堅持自己的診斷，他必然不明白這是怎麼回事。他的診斷很清楚：感冒所引起的支氣管炎，還加上一點不太正常的症狀。他指出：「這種病例常有，沒有哪個病例是很『典型』的。有些人確實對抗生素沒反應。」

當然，他說得沒錯，金潔是患了支氣管炎，她的病沒有什麼神祕的。她只是突然生病了……而且病得不輕。

我與內政部的心理學專家見過一面。他是個像知更鳥一樣的怪人，一會兒站，一會兒坐，眼睛在厚鏡片後面轉個不停。

他問了我無數的問題，其中有一半在我看來毫無意義，可是自有他的理由，因為他煞有介事地對我的看法點頭，不肯妄下任何結論，也許他這樣是最聰明的處理。他也偶爾說一點他們的行話。我想，他對金潔試過好幾種催眠術，可是誰也不肯對我多說什麼，或許他們根本就沒什麼可告知的。

我避開了自己的朋友和熟人，但寂寞得實在有點忍耐不住。最後，在極度失望中，我給花店的帕比打了電話，問她願不願意出來與我吃頓飯。她同意了。

我帶她去了幻想園。帕比很快活，我發覺有她作伴讓我很寬慰。但我請她出來，不只是為了消愁解悶。吃完可口的餐點後，帕比更放鬆了，我開始探她的口風。帕比可能知道一些連她自己都不明白的事。我問她記不記得我的朋友金潔。帕比說「當然」，一邊張著她的藍色大眼睛，問我金潔最近怎樣。

「她病得很重。」我說。

「真可憐。」帕比盡量表現出關心的樣子，但事實上她並不怎麼關心。

「她遇到了麻煩，」我說，「我相信她曾徵求過你的意見——白馬的事，讓她花費了很多錢。」

「噢！」帕比的眼睛睜得更大了。「原來那人是你！」

一時之間我不明白她的意思。後來我才意識到，帕比以為我是那個有個病弱的太太阻礙了金潔幸福的男人。我傾吐我們的愛情生活，使她感到異常興奮，所以我提到白馬時她一點也沒警覺。
她很興奮地問道：「有效嗎？」
「出了點狀況，」我說，「死的是狗。」
「什麼狗？」帕比茫然地問。
我發現帕比對單音節的詞語都比較敏感。
「呃，那件事看來對金潔有些反作用。你以前聽說過這種事沒有？」
帕比說沒聽說過。
「當然，」我說，「她們在馬奇迪平村的白馬所做的活動，你是知道的，對吧？」
「我不知道白馬在何處，反正在鄉下就是了。」
「我從金潔那裡打聽不出她們在幹什麼……」
我耐心地等待著。
「光波，對吧？」帕比含糊地說，「大概是那種東西。來自太空。」她又補充說：「和俄國人的一樣！」
我想帕比現在一定在充分調動她那有限的想像力。
「差不多吧，」我贊同道，「可是它一定很危險。我是說，金潔病得那麼厲害。」
「但應該是你太太生病死掉，不是嗎？」
「是的，」我默認了金潔和帕比對我的角色認定。「但事情好像出了差錯……朝相反方向發展了。」

「你是說……」帕比費盡了腦筋說，「就像你插電熨斗插頭時被電擊了一樣嗎？」

「對極了，」我說，「正像那樣。你以前沒聽說發生過這種事嗎？」

「嗯，不太一樣……」

「是怎樣的呢？」

「嗯，我是說，如果有人不付錢的話。我知道有這麼個人。」她的聲音突然變得恐懼起來。「他被殺死在鐵軌上……從月台上掉到火車前面。」

「那也許是意外事故。」

「哦，不，」帕比惶恐地說，「就是她們害的！」

我又倒了些香檳在帕比的杯子裡。這時我覺得，只要能從她那個稱為腦子的東西裡零零星星地把一件件例子掏出來，或許對我有所助益。她聽說過一些事，記住了其中的一半，並與其他的混淆在一起。還好別人對她的話不怎麼在意，因為人們會說「那是帕比說的」。

令我焦急的是，我不知該問她什麼。萬一我說錯了話，她馬上就會閉口不言，什麼都不再對我說。

「我太太，」我說，「身體仍是很脆弱，但好像病情沒有變得更嚴重。」

「那真糟。」帕比啜著香檳同情地說。

「我接下來該做什麼？」

帕比好像也不知道。

「你知道，是金潔她……我可沒去安排什麼事。我該與什麼人取得聯絡？」

「伯明罕有個地方。」帕比遲疑地說。

「那地方已經關閉了，」我說，「你有沒有朋友知道該怎麼做？」

「艾琳．布蘭登也許知道。但我不認為她知道。」

她出人意料地提到了艾琳．布蘭登，讓我感到相當驚詫。我問她艾琳．布蘭登是誰。

「她遲鈍得很，」帕比說，「頭髮死板板的，從來不穿高跟鞋。」她又用解釋的口氣補充道，「我和她是同學，但她那時便十分遲鈍。不過她的地理成績很好。」

「她與白馬有何瓜葛？」

「沒有什麼實際的關聯。那只不過是她個人的一個想法。於是她便辭掉了。」

「把什麼辭掉了？」我茫然地問道。

「她在CRC的工作。」

「什麼是CRC？」

「嗯，我也不十分清楚。他們說CRC是調查顧客的消費反應的研究機構，是家很小的公司。」

「艾琳．布蘭登替他們工作？她必須做些什麼？」

「只是到外面轉轉，問問人家用什麼牌子的牙膏，用哪一種煤氣爐，或者哪一種海綿。

真沒意思。我的意思是，誰關心那些事？」

「CRC關心啊。」

我開始有點興奮起來。

戈曼神父那天晚上就是去見一個替這種公司做事的女人而遇害的。而且……對，金潔的公寓也有那些人拜訪過……

其中必定有某種關聯。

「她為什麼要辭職？是不是做膩了？」

「我不那樣認為。那家公司報酬很高，但她感到公司……掛羊頭賣狗肉。」

「她覺得那家公司與『白馬』有某種關聯，是嗎？」

「嗯，我不知道。大概吧……不管怎樣，她現在在托特翰法院路的一家咖啡店上班。」

「告訴我她的地址。」

「她不太合你的口味。」

「我又不是要追求她，」我粗魯地說，「我想知道她以前服務的那家公司的一點資料，我想買一些股票。」

「哦，我懂了。」帕比對這種解釋很滿意。

既然不能從她那兒再打聽到什麼，我們一喝完香檳，我就送她回家，並謝謝她陪我度過一個美好的夜晚。

§

第二天早晨，我打電話找雷振，可是沒找到他。不管怎麼說，費了一番周折，我總算找到了吉姆．科雷根。

「你上次帶來見我的那位自以為是的心理醫生怎麼樣了，科雷根？關於金潔他說了什麼？」

「說了一大堆。馬克，我真的覺得他有點糊塗了。你知道，人總免不了會得肺炎，這沒有什麼特別神祕或有悖常理的。」

「是的，」我說，「那張名單上的那幾個人，都死於支氣管炎、腸胃炎、腦瘤、癲癇，或其他醫生證明過的病症。」

「我知道你的感覺。但我們能做什麼？」

「她的病更重了，對吧？」我問。

「這……是的……」

「那麼一定要採取什麼行動。」

「例如？」

「我已想到一兩個法子。譬如到馬奇迪平村去抓賽澤．格雷，強迫她把咒語解除掉。」

「哦，那可能有點用處。」

「或者，我也可以去找魏納博……」

科雷根尖聲叫了起來。

「魏納博？不關他的事。他是個殘廢，怎麼可能扯進這件事裡去？」

「我不相信。我可能會扯下他腿上的那條毯子，看他的腿是不是真的不能走路！」

「我們全查過了。」

「等一等。我在馬奇迪平村遇到那個藥房老闆奧斯本，我不妨把他的想法告訴你。」

我簡要地把奧斯本的想法告訴他。

「那傢伙有點走火入魔了，」科雷根說，「他那種人總堅持自己做的一切都是對的。」

「可是科雷根，你告訴我，他所說的有沒有可能？有可能，對吧？」

過了一會兒，科雷根慢慢地說：「是的，我得承認有可能……可是這種事會有好幾個人都知情，這得花大價錢才保得住祕密。」

「那有什麼大不了的？他有的是錢，不是嗎？他從哪兒弄來那麼多錢，雷振查出來沒有？」

「沒有。確實沒有……我得向你承認，那傢伙是有些不對勁。他以前幹過些勾當。要查出他所有錢的來源，大概要花上幾年的時間。我相信國稅局已注意魏納博好長一段時間了。但他很聰明。你怎麼看他……是不是這件事的主使人？」

「是的。我認為是他策畫了這一切。」

「也許。我承認，他看起來很有頭腦。可是他不至於殘忍到親手殺死戈曼神父吧！」

「如果事情緊急，他也可能親自出馬。他要趕在戈曼神父把從那女人聽來有關白馬的事告訴別人之前幹掉神父，而且……」

我戛然而止。

「喂，你還在線上嗎？」

「還在，我正在想一個剛冒出來的想法……」

「想到什麼？」

「我還沒想清楚，只覺得想獲得真正的安全就只有一個辦法。我要去試試看……總之，我現在得走了。我和人約在一家咖啡店見面。」

「我還不知道你人在切爾西的一家咖啡店。」

「我不在那裡。我是去托特翰法院路的一家咖啡店。」

我掛斷電話，看了看鐘。

我正要開門時，電話響了起來。

我猶豫了一會兒。十有八九是科雷根的電話，他打電話是想問我的想法吧。

可是我現在沒心思和吉姆．科雷根聊。

當我朝門邊走去時，電話又煩人地響個不停。

當然，或許是醫院打來的，金潔……

我不能冒險不接電話。於是我不耐煩地走過去拿起了話筒。

「喂？」

「是你嗎，馬克？」

「是的，你是誰？」

「當然是我，」對方責備道，「聽著，我要告訴你一些事。」

「嗯，是你，」我聽出是奧利薇夫人的聲音，便說：「你知道，我正趕著出門去，回來再打電話給你。」

「不行，」奧利薇夫人果斷地說，「你現在就得聽我說，事情很重要。」

「那好吧！你講快點，我和人有約。」

「哼，」奧利薇夫人說，「約會遲到沒什麼大不了的。每個人都遲到。這樣別人反而會更看重你。」

「不，真的，我得去……」

「聽著，馬克，這件事很重要，我保證。真的重要！」

我盡量耐著性子，看了看鐘，說：「什麼事？」

「我家的蜜莉得了扁桃腺炎，很難受，要到鄉下她妹妹那裡……」

我咬咬牙。

「我覺得很遺憾，但真的……」

「聽著，我還沒正式說呢。我剛才說到哪兒？對，蜜莉要去鄉下，所以我打電話給那家傭人介紹所，那家叫雷金斯的……這名字真可笑，老是讓我想到電影院。」

「我真的必須……」

「我問他們能不能派人來，他們說現在很困難，其實他們每次都這麼說，但他們會盡量想辦法……」

我從不知道我的朋友阿蕊登．奧利薇竟有這麼瘋瘋癲癲。

「結果，今天早上新傭人來了，你猜她是誰？」

「我想不出來。聽著……」

「是個叫伊迪絲．賓斯的女人。有趣的名字，是不是？實際上你認識她。」

「不，我不認識。我從未聽說過叫伊迪絲．賓斯的女人。」

「可是你認識她，而且不久前還見過她呢。她在你教母赫斯基杜波那兒工作過。」

「啊，是她！」

「是的。那天你去拿畫時她見過你。」

「好吧，這很好。我想你能雇到她真的很幸運。我相信她十分可靠。敏姑也這麼說過。但真的，現在……」

「等一等，行嗎？我還沒說到關鍵處呢。她談起了很多有關赫斯基杜波夫人的事，她最後說出了夫人病死的臨終情形。」

「她說了什麼？」

「一件引起我關注的事。她這樣說：『可憐的太太，受了那麼多苦，她腦子裡那個東西害了她，她以前身體一直很健康。看她在療養院裡，一頭美麗濃密的白髮全掉在枕頭上，真可惜，就那樣一把一把地掉下來！』於是，馬克，我想到我的朋友瑪麗‧德拉方丹。她的頭髮也掉了！我記得你說在切爾西一家咖啡店看到與人打架的那個女孩，也是一把被人抓下很多頭髮。頭髮不會那樣輕易被拔掉的，馬克，你試試……拔拔你自己的頭髮，一點點就行，連根拔，試試看！你會發現，馬克，她們那麼容易掉頭髮是很不自然的。那一定是一種很特別的病……其中必定有奧祕。」

我抓緊話筒，頭腦發昏。那些零星獲得的資訊，這時都湊到了一起。羅姐和狗在草地上——我在紐約一本醫學雜誌上讀到的一篇文章——當然……當然！

我突然意識到奧利薇夫人還在興奮地高談闊論。

「上帝保佑你，」我說，「你真偉大！」

我用力掛斷電話，又拿起，另外撥了個號碼。這次很幸運，直接找到了雷振。

「聽著，」我說，「金潔的頭髮是不是大把大把地連根棹下？」

「這……我想是的。我猜是發高燒的緣故。」

「發燒個屁，」我說，「金潔所害的病，也是那些人所害的病……是鉈中毒。上帝保佑，也許我們還有時間……」

# 22

# （馬克・伊斯特的敘述）

「還來得及嗎？她能活下來嗎？」

我焦急地來回走著，無法安靜地坐下。

雷振注視著我，沉著而和藹。

「你應該相信，我們盡了一切努力。」

總是這個回答。這一點最不能讓我放心。

「他們知道怎麼治療鉈中毒嗎？」

「這種病例不常見，但他們已經試過了一切可能的辦法。你問我結果會怎樣？我想她會平安無事的。」

我看著他，無法判斷他說的是不是內心話。或者他只是在安慰我？

「不管怎樣，他們已確定是鉈中毒了？」

「是的，已經確定了。」

「所以白馬所幹的事根本就很簡單：下毒。既不是巫術，也不是催眠術，更不是科學死光。只是普通的毒藥！她還向我吹得天花亂墜，真可惡。當我的面大力吹噓，我想她在背後一定笑得很開心。」

「你說的是誰？」

「賽澤．格雷！我第一次去喝下午茶時，她就說到波吉亞家族用『少見而沒有破綻的毒藥』，以及在手套上下毒什麼的，『普通的砒霜，如此而已。』就是如此簡單。那一套全是幌子，什麼鬼魂附體、白公雞、炭盆、符咒、巫毒、倒置的十字架等等，全都是為了欺騙迷信的人。那個有名的『盒子』是為了騙有知識、有頭腦的人，現在很多人都不相信鬼魂、符咒、女巫，但扯到『光波』、『電波』、『心理現象』卻又很容易上當。我敢打賭，那個盒子頂多只是些燈光、彩色燈管的組合。因為我們都很怕鍶九〇，一談到科學，就免不了會受騙。白馬的整個故事都是騙人的！白馬只是隻作為幌子的馬，如此而已。注意力都被引到那上面去了，所以我們沒有注意到其他方面的陰謀。這件事最精采之處，便是她們都吹噓自己有了不起的法力，這種本事絕對無法讓她在法庭上被定罪。就是檢查她那個盒子，也查不出什麼害人的證據。任何法庭都會認為這種事荒唐而且不可能！當然，事實上也是這樣。」

「你看她們三個是不是一夥的？」雷振問。

「我認為不是。貝拉是真的迷信巫術，她相信自己有法力，而且樂在其中。熙碧也一樣，她認為自己真的是靈媒，她進入恍惚狀態後，發生了什麼事都不管。她相信賽澤告訴她的一切。」

「這麼說，賽澤是幕後指使者？」

我緩緩地說：「就白馬酒館而言，她是的。但她並不是整齣戲的真正主腦。真正的主腦在幕後操縱，他計畫一切和組織一切。你知道，整件事設計得很巧妙。每個人都有自己的工作，與別的人都沒有聯繫。布雷德主管法律和金錢方面的事。除此之外，他一無所知。當然，他可得到豐厚的報酬，賽澤．格雷也差不多。」

「你好像已經有了很滿意的答案。」雷振淡淡地說。

「未必，還早得很呢。但我們了解了最基本的模式。多少年來都一樣，殘酷而簡單。僅僅是普通的毒藥，可怕而古老的死之藥。」

「你怎麼會想到鉈呢？」

「幾件事突然湊到了一起。最開始便是我那天晚上在切爾西看到的那一幕。一個女孩的頭髮被另一個女孩連根拔起，可是她竟然說『真的不疼』。我想，那不是勇敢，而是簡單的事實。事實上真的不疼。

「我在美國時，讀過一篇有關鉈中毒的文章。一家工廠的工人一個接一個死去，每個人的死因都不一樣，有的是傷寒，有的是中風，有的是……後來有個女人毒死七個人。中毒致死的原因也各異，包括了腦瘤、腦炎、肺炎等等。症狀也有區別。最初可能會嘔吐、下痢或四肢疼痛，是些會被醫生斷定成風溼熱或癱瘓之類的病兆……有個病人還被裝上了鐵肺。有些人的皮膚上還有沉積的色素。」

「你好像一部醫學辭典！」

「當然，我查過醫學辭典了。不過有一點是相同的——頭髮遲早都會脫落。有一段時間，鉈被用來當脫毛劑，特別是治小孩的銅錢癬。後來有人發現這種化學元素很危險，不過醫生偶爾還是根據病人的體質小心地拿它當作內服藥。我相信鉈現在主要被用來當作毒老鼠的藥。這種藥沒有異味，容易溶解，也很容易買到。只有一點得特別注意：絕不能讓人懷疑被用來下毒。」

雷振點點頭。

「正是。」他說，「所以白馬的人才堅持要他們的客戶遠離被害者，避免引起懷疑。最微妙之處，就是沒有在食物或飲料裡下毒，真正下毒的人，與被害者沒有任何關係，我想那個人只出現過一次。」

他停了停。

「有任何想法嗎？」

「只有一個可能。好像每次都有一個和悅而體面的女人，替一個消費調查公司向被害者徵詢意見。」

「你認為便是那個女人下的毒？以樣品調查員的名義或什麼的？」

「我想沒那麼簡單，」我緩緩地說，「我想那些女人真的在做樣品調查，但她們也牽扯進去了。如果我們能找到在托特翰法院路一家咖啡店做事的艾琳·布蘭登，我們就可能找到一些線索。」

§

帕比對艾琳·布蘭登的描述很貼切，她的頭髮既不像菊花，也不像鳥巢，而是燙得向後緊貼在臉頰兩邊，臉上也幾乎沒化什麼妝，腳穿最普通的鞋子。她告訴我們，她的丈夫死於車禍，留下她和兩個孩子。在這份工作以前，她為一家「顧客反應分類公司」做了一年多的事。後來她不喜歡那個工作，便自動辭掉了。

「你為什麼不喜歡那個工作，布蘭登太太？」

雷振提了這個問題。她看了看他，說：「你是警察局的警官，對吧？」

「對，布蘭登太太。」

「你是不是覺得那家公司有問題？」

「我正在調查這件事。你是不是也有這種懷疑才會離開？」

「我沒有真憑實據，沒有什麼確鑿的事實可以告訴你。」

「當然，我們了解。這是祕密調查。」

「我明白了。可是我能告訴你的事真的很少。」

「你可以說說你為什麼要離開那裡。」

「我覺得他們在幹一些我不知道的勾當。」

「你的意思是說，那不是一家真的公司？」

「大概是那樣。他們不像在做生意。我懷疑背後有什麼隱祕的目的。但那是什麼目的我可不知道。」

雷振又問她具體做什麼工作。她說公司交給她某地區一些居民的名單，要她問那些人一些固定的問題，並記錄下答案。

「你察覺有什麼不對勁的地方嗎？」

「我覺得那些問題毫無規則，一點也不連貫，隨隨便便，就像……我該怎麼形容呢？就像是做其他事情的藉口。」

「你知道那『其他事情』可能是什麼？」

「不知道。我感到疑惑的正是這點。」

她沉默了一會兒，然後用懷疑的口氣說：「有一段時間，我曾疑心他們可能是在行竊之前先去察看地形。可是後來又覺得不太可能，因為他們從未要求我描述房間的擺設、家具布置等等，或者主人什麼時候可能不在家。」

「你帶的那些問卷，都是些什麼專案？」

「名目繁多。有時是食品，有時是化妝品、面霜、口紅、粉底之類，有時也有醫藥方面的，譬如顧客用什麼商標的阿斯匹靈、安眠藥等等。」

「公司沒要求你提供客戶使用的物品樣品？」雷振緊接著問。

「沒有，什麼都沒有。」

「你僅僅是問一問，並記下答案而已？」

「對。」

「那些問卷有什麼目的？」

「我困惑的就是這一點。我們從來就不知道。大概是為了向某些生產工廠提供資訊。可是那種做法實在是胡來，完全沒有系統。」

「你認為，你所提的問題當中，可不可能有某些問題，隱藏著那家公司的真正目的，其他只不過是幌子？」

她皺著眉頭思索了一會兒，然後點點頭。

「是的，」她說，「所以問題才那麼隨意。可是我看不出哪個問題或哪些問題重要。」

雷振嚴肅地看著她。

「你還有事情沒有告訴我們。」他客氣地說。

「就算是吧。我覺得整件事不太對勁，而且和另一位婦女談過，她是戴維斯太太……」

「你向一位戴維斯太太談了……是嗎？」

雷振的聲調仍然未變。

「關於這件事，她也感到很不高興。」

「她為什麼感到不高興？」

「她無意中聽到了一件事。」

「她無意中聽到了什麼？」

「我告訴你，我無法肯定。她說得不太清楚。她說她偶然聽說，這家公司專門靠不正當的手段獲利。『公司掛羊頭賣狗肉，』她說，然後她又說：『唉，算了，反正又與我們不相干。這裡薪水很高，我們又沒有被要求去做違法的事。所以我們何必為這些事傷腦筋！』」

「只有這些？」

「她還說過一句話，我不明白那指的是什麼。她說：『有時我覺得自己像傷寒瑪麗。』我不明白她的意思。」

雷振從衣袋拿出一張紙遞給她。

「這張名單上，有沒有哪個名字讓你印象特別深刻？你記不記得訪問過哪一位？」

「我不記得了，」她看看名單。「我詢問的人太多……」

她看著名單，然後停下來，唸道：「歐默德。」

「你記得一個歐默德？」

「不，是有一次戴維斯太太提到他。他死得很突然，對吧？腦溢血。這使她很感不安。

她說：『兩個星期前他還在我的名單上，看來氣色很好。』後來，她便說起了傷寒瑪麗之類的話。她說：『我去訪問的人好像只要看我一眼，就會萎縮起來離開人世。』她笑了笑，說那是巧合。但我認為她不喜歡那樣。無論如何，她說她不打算去操心。」

「就只有這些了？」

「這個……」

「告訴我。」

「過了些日子，有一天我們在蘇活區一家飯店碰上了，我告訴她，我已離開了CRC，另外找了工作。她問我為什麼，我告訴她，不知道那家公司到底是做什麼的，心裡覺得很不安。她說：『或許你是對的。但這種工作報酬高，時間短。畢竟，人的一生總得冒點風險！我這一生一直沒什麼好運氣，又為什麼要去關心別人遇到什麼事了呢？』我說：『我不明白你在說什麼。那家公司到底有什麼問題？』她說：『我不確定，但我不妨告訴你，有一天，我看到一個認識的人從一棟房子裡出來，還帶著工具，那地方與他沒什麼關係。我真想知道他去那兒幹什麼。』她還問我，有沒有遇到過一個開『白馬酒館』的女人。我問她白馬酒館與這些事有何關係。」

「她說了什麼？」

「她笑著說：『去讀讀《聖經》。』」

布蘭登太太又說：「我不明白她的意思。那是我最後一次見到她。我不知道她現在在哪兒，也不知道她現在離開CRC沒有。」

「戴維斯太太死了。」雷振說。

艾琳．布蘭登表現得很驚訝。

「死了！但……怎麼會？」

「肺炎，兩個月前死的。」

「啊，我明白了。真遺憾。」

「你還有什麼要告訴我們的，布蘭登太太？」

「恐怕沒有了。我也聽別人提起過白馬酒館，但如果再追問下去，他們馬上就閉口不言，好像很害怕的樣子。」

她看起來很不安。

「我……我不想惹上任何麻煩，雷振警官。我有兩個小孩。老實說，除了剛才告訴你們的之外，我什麼都不知道了。」

他嚴厲地看著她，隨即點點頭，讓她走了。

§

「我們又有了一點進展，」艾琳．布蘭登離開後，雷振說，「戴維斯太太知道得太多。

她想睜一隻眼閉一隻眼，假裝不知道他們在做什麼，其實她心裡對一切都很懷疑。後來，她突然病了，臨死前，她請了神父去，並告訴他自己懷疑的事。問題是，她到底知道多少？我敢說，那名單上是她在工作中諮詢過而不久後便死了的人，所以她才感到自己像傷寒瑪麗。問題的關鍵是，她認識的那個無緣無故從人家屋子裡出來的人是誰，一定是因為這個緣故，她的生命才有了危險。如果她認識他，他也可能認識她……而且他明白她認出了他。如果她把這件事告訴了戈曼神父，那麼在戈曼神父尚未洩密之前就會被幹掉。」

他凝視著我。

「你同意，對吧？案情一定是這樣。」

「是呀，」我說，「我同意。」

「也許你知道那人是誰。」

「我心裡有數，但……」

「我知道。我們還沒有確鑿的證據。」

他沉默了一會兒，然後站起來。

「我們會抓住他的，」他說，「一定的。只要我們能肯定那人是誰，總有辦法抓到他的。我們會一個一個去試！」

# 23（馬克・伊斯特的敘述）

三個星期後，一輛轎車停在普賴斯居的門前。車上下來四個人。其中之一是我，另外還有雷振警官和李警員。第四位是奧斯本先生，能身為這個隊伍中的一員，他已抑制不住喜悅和興奮。

「你必須一言不發，你知道。」雷振提醒他。

「是的，警官，你絕對可以相信我，我不會說一個字。」

「那樣最好。」

「我感到這是一種特權，很大的特權。但我不明白……」

可是在這種時刻誰也沒工夫解釋。

雷振按了電鈴，求見魏納博先生。

我們四個人像一個代表團似的魚貫而入。

即使魏納博對我們的來訪感到意外，他也沒有顯露出來。他表現得很有禮貌。當他把輪椅向後推，好讓這個圈子的範圍大一些時，我又想到，這人的五官真是太惹眼了。突出的喉結在古典式樣的衣領裡一上一下，粗獷野性的輪廓，加上鷹勾鼻，就像一隻猛禽。

「能再見到你真是高興，伊斯特。你最近好像常在附近逗留。」

我想，他的聲音似乎潛含著一種惡意。他又說：「還有……你是雷振警官吧？我必須承認，我實在有點詫異。我這個小地方那麼寧靜，遠離罪惡，然而仍有警官大駕光臨！我能為你做點什麼，警官？」

雷振非常冷靜，非常禮貌。

「我想有件事，或許你能幫我們的忙，魏納博先生。」

「這句話聽起來好耳熟，對吧？你想我能幫你什麼？」

「十月七日那天……有個叫戈曼的神父在派汀頓區西街被人殺害。有人告知我們你當時也在那附近，就是晚上七點四十五分到八點一刻之間。你也許看到一些與此案有關的事？」

「當時我在那附近？你知道，我不懂，我真的很不懂。在我的記憶裡，我從未去過倫敦那個地區，我當時根本就不在倫敦。我只是偶爾去倫敦拍賣會上度過有趣的一天，有時也去診所檢查身體。」

「是哈利大街的威廉．達格代爵士那兒，對吧？」

魏納博先生冷冷地看著他，說：「你的消息還真靈通啊，警官。」

「過獎了。不管怎樣，很遺憾你沒能幫上我的忙。我想我應該向你解釋一下與戈曼神父死亡相關的事。」

「如果你願意，我當然洗耳恭聽。我從未聽說過這名字。」

「在那個特殊的霧夜，戈曼神父被請到附近一位垂死的女人床前。那女人與一個犯罪組織有關。最初她並不知道，可是後來有些事使她覺得事態相當嚴重。那個組織專門替人除掉眼中釘……自然是索價高昂。」

「這已不是新鮮事，」魏納博喃喃地說，「在美國……」

「嗯，但這個組織還有一些奇特的性質。首先，他們是用所謂的心理手段殺人。據說每個人都有一種想死的意願，只要加以刺激……」

「那對方就會去自殺？恕我直言，警官，這聽起來太不可思議了。」

「不是自殺，魏納博先生，對方會很自然地死去。」

「少來了，少來了，你真的相信那一套？真不像我們那些精明的警官！」

「據說，這個組織的總部在一個叫『白馬』的地方。」

「哦，現在我有點明白了。正因如此，你才會到我們這個鄉下小地方來。別理我的朋友賽澤．格雷，還有她那套胡扯！我一直不知道她自己是不是真信那一套，但那實在亂來！她有個傻乎乎的靈媒夥伴，還有本地的女巫替她煮飯（真勇敢，她居然敢吃！湯裡隨時都可能有毒芹！）。她們三人在本地相當有名，當然，也有些淘氣的作為。但別跟我說蘇格蘭警場或派你來的什麼機構，會把這些事當真吧。」

「我們很看重這些事，魏納博先生。」

「你們真的相信賽澤胡亂唸些咒語，熙碧陷入迷狂狀態，貝拉使使巫術，就會讓某人死掉？」

「不，魏納博先生，死因沒那麼複雜……」他停了停，又說：「是鉈中毒致死。」

短暫的沉默。

「你說什麼？」

「毒藥……鉈鹽，簡單而直接。僅僅需要一些幌子，最好的辦法就是利用假科學及心理學的背景；既充斥著現代術語，又用古老的迷信來加強力量。如此的小心籌畫只是為了轉移目標，掩蓋用毒藥殺人的簡單事實。」

「鉈，」魏納博先生皺了皺眉頭說，「我好像從未聽說過。」

「是嗎？通常用來製成老鼠藥，有時也作為治療兒童銅錢癬的脫毛劑。很容易弄到。對了，你的園藝工具小屋的角落裡，就有一包。」

「我的園藝工具小屋？好像不太可能。」

「但千真萬確，我們已取了一些去化驗……」

魏納博開始緊張起來。

「一定是什麼人放在那裡，我什麼都不知道！一無所知！」

「真的嗎？你是位相當富有的人，對吧，魏納博先生？」

「這與我們正在談的事有何關係？」

「國稅局最近大概拜訪過你，是關於收入方面的事，我說得對不對？」

「住在英國，最頭痛的事就是納稅制度。所以最近我很認真地考慮了去百慕達的計畫。」

「我想你暫時不可能去了，魏納博先生。」

「你是在威脅我，警官？要是這樣……」

「不，不，魏納博先生。只是發表一點看法。你願不願意聽聽這小小犯罪集團是怎麼運作的嗎？」

「看來你已決意告訴我了。」

「它的組織很完善。財務內容由伯明罕一位被取消律師資格的布雷德先生安排。有意於此的客戶先到他辦公室談好條件，即是說，雙方定下賭注，賭某人在某段時間內會不會死……布雷德先生是個賭徒，對他押的注通常都很有信心。客戶也往往抱著更大的期望。布雷德先生贏了以後，對方必須立刻付錢……否則某些令人不快的事就會發生。布雷德先生唯一必須做的事是……打賭。簡單極了，對吧？

「客戶接著拜訪『白馬酒館』。那齣戲由賽澤．格雷和她的朋友們共同演出，那通常會給來客留下極深的印象。

「現在該是那幕後簡單的事實了。

「一些婦女受雇於一家消費者調查公司當調查員，在某些特定的地區做問卷調查：『你喜歡哪種麵包、用哪種品牌的衛生用品、化妝品』等等。時下人們已習慣了問卷調查，他們很少不予配合。

「這樣來到了最後階段。簡單、大膽又十拿九穩！這個計畫中唯一真正付諸行動的人，就是想出這一切陰謀的人。他有時扮成大樓門房，有時扮成查煤氣錶或電錶的人。他也可能扮成修水管工人、電器修理員或者一般工人。不管怎樣，他身上都有相對應的證件，隨時可拿出來供別人驗證。不管他裝扮成什麼角色，真正的目的其實很簡單——把被害者的日常用品（藉問卷調查得知），換成有毒的用品。目標達成後，他便離開，而且不會再在那附近出現。

「最初那幾天或許沒事。但受害者或快或慢便出現了生病的症狀。就是請醫生看，也查不出任何異常的地方。醫生或許會問問病人吃了或喝了些什麼等等，但他不會懷疑那些病人用了多年的日常消費品。

「那麼你該明白這計畫有多美妙了吧，魏納博先生？唯一知道這個組織幹了些什麼的人，就是那個頭頭自己。任何人都無法洩漏他的祕密。」

「你怎麼知道得這樣多？」魏納博先生愉快地問道。

「當我們懷疑某人時，總會想辦法找到一些證據。」

「真的？什麼辦法？」

「我們的辦法不必全用上。譬如照相機便可派上用場。時下有些精巧的裝置，可以趁人不注意時，拍下他的照片。譬如，我們已有幾張清晰的照片，照的是門房或查煤氣錶的人。雖然那人有時戴了假鬍鬚、有時裝上了假牙等等，但還是很容易被認出來——先是凱瑟琳·科雷根（化名馬克·伊斯特太太），還有一個叫伊迪絲·賓斯的女人。辨認人是件有趣的事，魏納博先生。例如，這位紳士——奧斯本先生——就發誓說，十月七日晚上八點左右，他親眼看見你在巴頓街上跟在戈曼神父後面。」

「我真的看見你了！」奧斯本先生俯身向前，興奮地顫動說道，「我對你的描述十分精確！」

「也許，描述得太精確了，」雷振說，「因為那晚你站在藥房外面時，並沒有看見魏納博先生。你根本沒有站在那兒。你正走在街上，尾隨著戈曼神父走進西街，然後走上前殺了他……」

查考利·奧斯本先生說：「什麼？」

看來很可笑。是很可笑！那鬆垮的下巴以及目瞪口呆的樣子……

「魏納博先生，我向你介紹一下查考利·奧斯本先生，原派汀頓區巴頓街的一位藥房老板。你一定覺得很有趣，我們在監視他的這段期間，發現他竟糊塗透頂地在你的園藝工具小屋中偷偷放了一包鉈鹽。他不知道你行動不便，還指認你是凶手，還很自鳴得意。他既頑固又愚蠢，始終不肯承認自己犯了大錯。」

「愚蠢？你竟然敢說我愚蠢？如果你知道……如果你知道我做了什麼，我能做什麼，我……」

奧斯本氣急敗壞地顫抖著。

雷振仔細地打量著他，這神情讓我聯想到漁翁捉弄一條魚的模樣。

「你不該表現得如此聰明，你知道，」他斥責道，「如果你乖乖地待在你的藥房裡，不插手，我現在就不會在這兒。警告你，按照我的職責，你所說的話都將作為呈堂證供，而且……」

這時，奧斯本先生開始叫了起來。

# 24

## （馬克・伊斯特的敘述）

「喂，雷振，我有好多事想請教你。」

忙完這件事之後，我終於找到機會與雷振一起坐了下來，兩大杯啤酒擺在我們面前。

「是嗎，伊斯特先生？我想事情的發展使你覺得很意外。」

「當然。我的注意力全集中在魏納博身上。你竟沒有給我一點點暗示。」

「我無法暗示，伊斯特先生，不得不保密。他們很狡猾。事實上我們並沒有多少證據，所以必須靠魏納博先生的合作。我們必須把奧斯本弄得忘乎所以、心花怒放，之後突然打擊他。這招很有效。」

「他瘋了？」我問。

「我想現在差不多是那樣。當然，他一開始也並非嗜殺成性，但它會對你產生影響。殺人，會使你覺得比別人高明，像全能的上帝。但事實不是這麼回事，你只是個被逮到的卑鄙小人。當你突然面對事實時，你的自尊就無法承受了。你會尖叫、吹牛，說自己有多聰明，有多了不起。哼，你已見識過了。」

我點點頭。

「原來魏納博也扮演了你派給他的角色，」我說，「他願意合作嗎？」

「我想，他覺得有意思，」雷振說，「此外，他還很莽撞地說：『浪子回頭金不換。』」

「啊？那是什麼意思？」

「呃，我本不該告訴你，」雷振說，「這並沒有紀錄在案。大約八年前，國內發生了一連串銀行搶案，每次的手法都一樣，可是歹徒偏偏每次都有辦法逃脫！聰明的決策者實際上並沒有參加行動，結果他分了不少贓款溜掉了。我們雖然有些嫌犯名單，可是始終沒有證據。那人太聰明了，尤其在理財方面。他很狡猾，不會再用那種方式發財。我不多說了。他是個聰明的騙子，但不是殺人凶手，沒殺過任何人。」

我又想起了查考利．奧斯本。

「你是不是從一開始就懷疑奧斯本？」我問。

「哼，那是他自找的，」雷振說，「正如我所說的，如果他靜靜坐著不幹任何事，我們便不會懷疑令人敬重的藥房老闆查考利．奧斯本與這事有任何牽連。有趣的是，凶手卻辦不到。本來他可以安然無事地待在家裡。可是他卻不甘寂寞。我真弄不懂這是為什麼。」

「死的欲望，」我逗趣道，「與賽澤．格雷殊途同歸。」

「你愈早忘掉賽澤．格雷和她告訴你的那些事情愈好，」雷振嚴肅地說，「不是死的欲望。」他接著若有所思地說，「我想其實是寂寞。他們認為像自己那麼聰明一世的人，居然沒有可以談心的對象，是件憾事。」

「你還沒有告訴我，你是從何時開始懷疑他的。」我說。

「嗯，從他開始撒謊那時起。我們要求那天晚上見過戈曼神父的人與我們聯繫。奧斯本與我們聯繫了，但他說的明明就不可信。他說他看見一個人跟在戈曼神父後面，而且描述了那人的長相，但在那種霧夜，他根本不可能看清街對面那人的五官。或許他從側面看見了鷹勾鼻，但不可能看清喉結，這太假了。當然，他撒這個謊可能並無惡意，只是想突出一下自己，不少人就喜歡這樣。可是這使得我開始注意奧斯本這個怪人。從一開始，他就向我說了很多自己的事，這很不明智。他讓我覺得他想當一個比目前更為重要的人物。他對他父親的老店鋪不滿，曾經到舞台上試過運氣，但顯然沒成功。我認為，這或許是因為他不能接受教誨的緣故。關於他該怎麼做，誰的話他都不想聽！他說他想到凶殺審判庭上去當證人、在法庭上指認凶手曾經到他藥房買毒藥的話也許是真心的。我想，他很想那麼做。當然，我們並不知道，何時他萌生了成為一個能夠逃脫法網的聰明罪犯的念頭。

「但這些僅僅是推斷。話又說回來，奧斯本對他那晚看到的那人，描述得很有意思。顯然，他的描述的確像是他親眼見過的某個人。你知道，要形容一個人的眼睛、鼻子、下巴、耳朵等等，非常困難。如果你試一試，就會發現自己是在下意識描述自己在某個地方——火車上或公車上見過的人，奧斯本顯然在描述一個長相非常特殊的人。我敢說，某一天他在伯恩茅斯看見魏納博坐在汽車裡，並對他的長相留下深刻印象……只差他不知道那人是殘廢。

「另一個使我對奧斯本感興趣的原因，是出於他是個藥商。我曾想，我們那張名單可能與麻醉藥有關。但事實並非如此。所以如果不是奧斯本存心想插手這件事，我早就把他給忘了。你知道，他一直想了解我們有什麼進展，所以又寫信來說他在馬奇迪平村的一個教區遊園會上，看到他指認的那個人。當時他仍不知道魏納博先生患了脊髓炎，等到他知道時，已經無法讓自己閉上嘴了。這便是他的虛榮心，典型罪犯的虛榮心。他絕不承認自己錯了。像個傻瓜，他一再堅持自己的論斷，並提出各種荒唐的解釋。我曾到伯恩茅斯他的住處做了一次有意思的探訪，他把那棟房子稱為『艾佛勒斯特』，把艾佛勒斯特的照片掛在門廳，並告訴我他對喜馬拉雅山非常感興趣。他就是喜歡這種小玩意，僅僅從這名字就可以知道他在玩什麼把戲……『艾佛勒斯特』（Mount Everest），從字義上來說就是『永恆的休憩』，這就是他的職業。只要別人付出適當的代價，他就可以讓人永遠休息。整個布局很精妙。布雷德在伯明罕，賽澤．格雷在馬奇迪平村舉辦降神會，而奧斯本先生無論與賽澤．格雷、布雷德，還是被害者都沒有任何關聯。這件事所需要的技術，對一位藥劑師來說，算不上什麼。但誠如我所言，奧斯本先生一定意識到要保持沉默。」

「他用那些錢幹什麼？」我問道，「畢竟，他是為了錢才鋌而走險的吧？」

「嗯，是的，他這樣做是為了錢。毫無疑問，他夢想自己能夠像個闊綽的重要人物，到世界各地旅遊、享受，但顯然他不是自己想像的那種人。我想，親手殺人使他覺得自己力量強大，一次又一次地逃脫罪責，更使他沉醉不已，而且他很樂意上被告席。他不樂才怪哩，他會成為眾人注目的焦點哪。」

「可是他怎樣處置那些錢呢？」我問。

「很簡單，」雷振說，「如果我沒看過他是怎樣布置那棟小平房的，我也想不到。顯然，他是個守財奴。他愛錢，也想得到錢，但不是為了花錢。那平房裡的東西全是大拍賣時買來的便宜貨。他不喜歡花錢，只是想擁有它。」

「你說他把錢全都存到銀行裡了？」

「哦，不，」雷振說，「我想我們會在他那棟平房的某塊地板下找出來。」

雷振和我都沉默了一會兒。我當時想，查考利．奧斯本真是個奇怪的人。

「科雷根，」雷振猜測道，「一定會說他的脾臟或胰臟的某個腺體有毛病，不是分泌太旺盛就是不夠充分……我可記不清楚了。我是個單純的人，我想他是出了問題。令我迷惑不解的是，一個人怎麼會既聰明又愚蠢。」

「一些腦子很好的人，」我說，「卻是既偉大又邪惡的傢伙。」

雷振搖搖頭。

「根本不是那樣，」他說，「魔鬼不是超人，它比人類低等。你那位罪犯想要成為重要的人，但他永遠不可能重要，因為他永遠不是個健全的人。」

# 25

## （馬克·伊斯特的敘述）

馬奇迪平村沉浸在一片愉快、靜謐之中。

羅妲正忙著照料狗。我想這回她是在為狗捉蝨子。當我走近時，她看了我一下，問我願不願意幫她的忙。我拒絕了，問她金潔在哪兒。

「她去白馬那邊了。」

「什麼？」

「她說她有事去那兒。」

「可是那屋子是空的。」

「我知道。」

「她會太累的，她的身體還……」

「你真是小題大做，馬克，金潔完全好了。你看了奧利薇夫人的新書嗎？書名叫《白鸚鵡》，就在那邊的桌子上。」

「上帝保佑奧利薇夫人，也保佑伊迪絲・賓斯。」

「伊迪絲・賓斯是誰？」

「一個指證了一張照片的女人，也是我教母的忠實傭人。」

「你滿嘴莫名其妙的話，你是怎麼回事？」

我沒有回答，直接前往白馬酒館。

進門前，我遇到了卡索普太太。

她熱情地向我打招呼。

「我就知道自己笨，」她說，「我看不出是怎麼回事，被幌子蒙蔽。」

她朝秋陽中空盪而寧靜的酒館舊址招招手。

「那兒不曾有過邪惡……沒有我們預期的邪惡。沒有與惡魔打交道，沒有邪惡的氣氛。只是為錢而不顧人命的小花招。這才是它真正的邪惡之處，沒有偉大、了不起的過往，有的只是渺小、卑鄙的事端。」

「你和雷振警官對問題的看法比較一致。」

「我喜歡那個人，」卡索普太太說，「我們去白馬找金潔。」

「她在裡面幹什麼？」

「清理東西。」

我們穿過低矮的房門，聞到一股強烈的松節油味。金潔拿著破布和瓶子正忙著。當我們進去時，她看了看我們。頭上圍著頭巾，那是因為頭髮還未完全長好。與以前相比，她現在活像個幽靈。

「她沒事。」

黛安．卡索普太太說，像往常那樣，她很了解我心裡正在想著什麼。

「看！」金潔洋洋得意地說。

她指指那塊正在清理的舊酒館招牌。

歲月蒙上去的汙漬已洗清，馬上騎士的身影清晰地呈現了出來：一副齜牙咧嘴、寒光閃閃的骨架。

卡索普太太用低沉渾厚的聲音在我身後唸道：「《啟示錄》，第六章第八節：我凝視著，看見一匹白馬，坐在馬上的，是死神，地獄跟在他後面……」

我們沉默了一會兒，然後見多識廣的黛安．卡索普太太不屑地說：「就是這麼回事。」那口氣就像把什麼東西摔進了垃圾桶。

「我現在該走了，」她說，「有個母親們的聚會。」

她走到門口，朝金潔點點頭，出人意料地說：「你會成為一個好母親。」

金潔羞紅了臉。

「金潔，」我說，「你願意嗎？」

「願意什麼？做個好母親？」
「你明白我的意思。」
「也許……但我想要更肯定的承諾。」
我向她做了保證。
過了一會兒，金潔問：「你已決心不娶赫米亞了嗎？」
「老天爺！」我說，「我真忘了。」
我從衣袋裡拿出一封信。
「這是三天前收到的，問我願不願意陪她去舊維多利亞劇院看《愛的徒勞》[19]。」
金潔從我手裡接過信，將它撕成兩半。
「今後如果你要去舊維多利亞劇院，」她果決地說，「你就和我去。」

19 《愛的徒勞》（*Love's Labour's Lost*），莎士比亞早期的劇本。

專文推薦

# 藏在日常細節中的冒險

楊照（作家）

一開始，就都在那裡了。

一九二〇年，阿嘉莎．克莉絲蒂出版了《史岱爾莊謀殺案》，神探白羅就已經退休了。而且在這個案子裡，藉由敘述者海斯汀的轉述，就鋪陳出克莉絲蒂小說最基本的偵探原則：

「那些看來或許無關緊要的小細節……它們才是重要的關鍵，它們才是偉大的線索！」

「豐富的想像力就像洪水一樣，既能載舟亦能覆舟，而且，最簡單直接的解釋，往往就是最可能的答案。」

「沒有任何謀殺行為是沒有動機的。」

還有，一個不討人喜歡的死者，一群各有理由不喜歡死者、因而也就都有殺人動機的人，這些人彼此之間構成複雜的關係，有的互相仇視，有的互相愛戀，麻煩的是，有些愛人其實貌合神離，有些仇人其實私下愛慕；更麻煩的是，不論是愛或是仇，都有可能是扮演出來的。

一個外來的偵探必須周旋在這些嫌疑者之間，從他們口中獲取對於案情的了解，換句話說，他必須在很短的時間內，搞清楚誰是誰、誰跟誰吵架、誰跟誰偷情，然後判斷誰說的哪一句是實話、哪一句是謊言。常常謊言比實話對於破案更有幫助。

再偷偷透露一下，如果要和小說裡的兇手及小說背後的作者鬥智，就像克莉絲蒂對英國社會的了解，祕訣就在於要去追究小說裡的人物背景，尤其是他們的階級地位。基本上，階級地位愈高、權力愈大、愈有錢者，說的話就愈不要相信。例如在《史岱爾莊謀殺案》中，僕人、園丁說的話遠比有頭有臉的人說的要可信多了。就算要說謊，他們的謊言也比較天真，而且往往出於善良動機。當你歸納線索時，就會知道他們並非故意說謊，那是因為他們的認知受到蒙蔽或誤導，而你慢慢就從這蒙蔽或誤導中被引導到真相。

《史岱爾莊謀殺案》出版那年，克莉絲蒂三十歲，但書稿其實早在五年前就寫好了，畢竟要找到有人願意出版一個看來再平凡不過的家庭主婦寫的小說，並不是那麼容易。

所有和克莉絲蒂接觸過的人，都對於她的「正常」留下深刻印象。她看起來就和她那個年紀的典型英國家庭主婦一樣，害羞、靦腆，只能在社交場合勉強跟人聊些瑣事話題，完全無法演講，甚至連只是站起來對眾賓客說幾句客套話，請大家一起舉杯，她都做不到。她不演講，也很少答應接受採訪，就算採訪到她也很難從她口中得到有趣的內容。她會講的，幾乎都是記者本來就知道、或者自己就可以想得出來的。

例如說白羅這個神探的來歷。克莉絲蒂回答：他應該是個外國人，這樣就能在英國日常生活中看出英國人自己看不出的線索。她自己碰過的外國人，只有第一次大戰剛爆發時到英國避難的比利時人。比利時警察怎麼能跑到英國來？那一定是因為他已經退休了。他有潔癖，所以對於現場會有特殊的直覺，馬上感受到不對勁的地方。一個有潔癖的人，好像應該長得矮小些才相稱，一個矮小有潔癖的人最適當的名字，就是希臘神話裡的大力士「赫丘勒斯（Hercules）」，製造出荒唐的對比趣味。那白羅這個姓是怎麼來的呢？克莉絲蒂很誠實地說：「我不記得了。」

一切都如此順理成章，一切都如此合邏輯，不是嗎？有記者問她怎麼看自己的舞台劇〈捕鼠器〉，創下了英國劇場、甚至全世界劇場連演最多場紀錄的名劇？克莉絲蒂的回答也還是中規中矩，合理合節：那是一齣小戲，在一個小劇院演出，成本很低，任何人想到了都可以帶家人或朋友去看，老少咸宜，並不恐怖，也不特別荒謬打鬧，可是又什麼都有一點，包括恐怖和荒謬打鬧的成分。

她的身上找不出一點傳奇、怪誕色彩，那她為什麼能在五十年間持續寫偵探小說，創造了那麼多謀殺，還創造了那麼多詭計？

首先因為她是女性，以及她的身世，包括她的階級身分，使得她在描寫故事場景時比一般男性作者來得敏感。因為在她之前的偵探推理小說男性作家的階級身分都是高高在上，基本上他們會從較高的角度看社會，比較看不到底層的感受。

而她的婚變以及婚變中遭逢的痛苦，都使她更能體會與觀察，將英國社會的複雜細節融入小說的核心情節，讓探案與線索分析結合在一起。

克莉絲蒂一生結過兩次婚，第一次在一九一四年，婚後不久，丈夫就參加了歐戰，是英國皇家空軍最早一批飛行員。一九二六年，這個丈夫有了外遇，直率地向克莉絲蒂要求離婚，在那之前，克莉絲蒂的媽媽才剛過世，雙重打擊之下，又遇到車子無法發動，克莉絲蒂崩潰了，她棄車而走，忘記了自己究竟是誰，躲進一家鄉間旅館，登記時寫了她心裡唯一有印象的名字——她丈夫情婦的名字。

離婚後，一次在晚宴中，有人提起近東烏爾考古的最新收穫，克莉絲蒂就取消了原定要去西印度群島的計畫，改訂了跨越歐洲到君士坦丁堡的「東方快車」，是的，就是這趟旅程給了她寫《東方快車謀殺案》的靈感。不過更重要的是，在烏爾，她認識了一位年輕的考古學家，比她小十四歲，這個人後來成了她的第二任丈夫。

這位考古學家陪她去參觀在沙漠中的烏克海迪爾城，卻在沙漠中迷路困陷了。幾小時中克莉絲蒂卻沒有一點驚慌不安，當下考古學家就決定要向她求婚。

原來，克莉絲蒂的內心是有這種冒險成分的。要不然她不會兩次選到的，都是喜愛冒險的丈夫，而她本身大概也不會吸引一個在各種危險情境下挖掘古代寶藏的人，讓他願意向一個大他十四歲的女人求婚。

這樣說吧，維多利亞時代後期的英國環境，壓抑限制了克莉絲蒂冒險、追求傳奇的內在衝動，她只好將這樣的衝動寄託在丈夫和寫作上。她一邊陪著第二任丈夫在近東漫走，一邊在小說中寫各式各樣的謀殺與探案。謀殺和探案都是冒險，還有，偵探偵查中做的事——蒐集線索，還原命案過程——其實和考古學家的考掘，如此相似！

克莉絲蒂寫得最好的，正是「藏在日常中的冒險」。她個性中的雙面成分，造就了特殊的偵探魅力。既嚮往非常傳奇，卻又有根深柢固的日常邏輯信念，兩者都在克莉絲蒂的小說中扮演了重要角色。她的謀殺案幾乎都和日常習慣緊密編織在一起，日常環境成了凶手最重要的掩護。有些日常規律明顯地被破壞了，讓我們很自然以為那會是謀殺的線索，沿著這些線索形成了閱讀中的推理猜測，然而白羅早就提醒了，真正重要的反而是那些「細節」，也就是看來像是依隨日常邏輯進行的事，或說藏在日常邏輯中因而不被看重的事，那裡要嘛藏著凶手的核心詭計、煙幕，要嘛藏著凶手致命的破綻。

凶案的構想，就是如何讓異常蓋上日常、正常的面貌，又如何故意將日常、正常予以扭曲，製造假象；那麼偵探要做的，就是如何準確地在日常中分辨出真正的異常，將假的、明顯的異常撥開來，找出細節堆疊起來的異常真相。

此外，克莉絲蒂的小說裡隱藏著極其曖昧的情感價值觀，最典型、最有名的就是《東方快車謀殺案》。透過追查過程，讓讀者知道為什麼凶手要訴諸於這種手段，其動機具有可同情之處，再加上克莉絲蒂對身分階級的觀察，她比較相信或讓讀者相信那些沒有權力、地位的人，隨著偵查節奏去認識可能或必須懷疑的人。克莉絲蒂最擅長營造「多重嫌疑犯」的小說特質，因為讀者在閱讀時必須被迫去認識很多不一樣的人。在她最受歡迎的作品，大概都具備這樣的特質。

當然，她的作品中還有兩個最突出的神探，即白羅和瑪波。白羅是比利時人，但為什麼必須是外國人？這是因為英國人具有高度階級意識，這種觀念一路滲透到所有互動細節，包括人與人之間如何說話。而白羅因為不是英國人，他會發現一般英國人不太看得出來的東西，以及兩個人互動的方法哪裡不正常。至於瑪波為什麼得是老太太？她一如那個年代的老人家，總是靜靜坐著打毛線，因為不起眼，自然讓人放鬆防備，所以瑪波探案的線索都是來自於這樣的互動模式。

然而，白羅有很明顯的優勢，瑪波的身分使她基本上只能進行「靜態」的辦案，案子的空間受到侷限，白羅卻可以跨越各種空間，恣意揮灑。而且白羅擁有警官身分，可以合理出現在各種犯罪現場，瑪波能出現的地方，相形之下就勉強、不自然多了。白羅是明白的outsider，在英國，只要他出現，就會覺得有外人在而感到緊張，於是很容易露出平常不會表現的行為；瑪波則看起來是 insider，但實質上是 outsider，因為總是沒人發現她、當她空氣人。這兩人的探案，是兩個極端。雖然讀者最愛白羅，但克莉絲蒂自己偏愛瑪波勝於白羅。

不管後來的偵探、推理小說發展了多少巧妙詭計，克莉絲蒂卻不會過時，因為她的推理如此密切地和日常纏繞在一起；活在日常中，我們就無可避免被克莉絲蒂的「日常細節推理」吸引，隨時讀來都充滿驚奇趣味。

# 名家盛讚克莉絲蒂（依推薦時間排序）

**金庸**（作家）

克莉絲蒂的寫作功力一流，內容寫實，邏輯性順暢，也很會運用語言的趣味。閱讀她的小說，在謎底沒有揭露之前，我會與作者鬥智，這種過程非常令人享受。其作品的高明之處在於：布局的巧妙完全意想不到，而謎底揭穿時又十分合理，讓人不得不信服。

**詹宏志**（作家、PChome網路家庭董事長）

推理小說在從先輩柯南．道爾等人的發明中出現力量時，誕生了一位《天方夜譚》故事中每天說故事說個不停的王妃薛斐拉．柴德，也就是「謀殺天后」克莉絲蒂，整個世界對聽這些故事才有如此的熱情。他們捨不得睡覺，每天問後來還有嗎、還有嗎，永遠不肯離去，這就是克莉絲蒂對推理小說的最大貢獻。

**可樂王**（藝術家）

所謂「克莉絲蒂式」的推理小說，就是一場和一個天才的寫作者或高明的恐怖份子在紙上捕掠捉殺的戰事。即便是一列火車、一處飯店或一間酒吧，在克莉絲蒂寫來皆充滿神祕和猜謎。在人生適合的下午裡，我總是一面嚼著口香糖，一面跟著矮了偵探白羅穿梭謀殺現場，克莉絲蒂的推理作品無疑是推理世界中最充滿「魔術性」的小說。

**吳若權**（作家、節目主持人）

我從小就對推理小說情有獨鍾，克莉絲蒂一系列的作品尤其令我愛不釋手。多年來，閱讀推理小說的經驗讓我覺悟：讀者在文字情節中推展開來的驚嘆，不只是因緣於故事的本身，而是自我性格的投射。從這個觀點來看克莉絲蒂一系列的作品，她簡直就是洞徹人性的算命師。而讀者，在她的文字中，發現了自己無可奉告的命運。

**藍祖蔚**（國家電影及視聽文化中心董事長）

做過藥劑師，難免懂得毒藥；嫁給考古學家，難免也就嫻熟文明的神祕；再加上曾經失蹤九天，一切不復記憶的離奇經驗，的確提供了寫作靈感，但若少了想像力，那些片羽靈光縱使辛辣如辣椒，卻不足以成菜。

推理小說重布局、重人物描寫，克莉絲蒂最厲害的卻是犀利的人性觀察，她一手創造的白羅探長，潔癖個性完全和她相反，更將她所憎厭的人格特質集於一身，殊不知，唯有不對著鏡子寫作，才能夠跳出框架與制式反應，開闢無限寬廣的新世界，建構多面向的詭異迷宮。

看完她的小說，你只會更加訝異，到底是什麼樣的心靈才能成就這般視野？

**李家同**（作家、前暨南大學校長）

克莉絲蒂的整體布局十分細膩，最後案情也都講解得非常詳細，回頭去看，在書中都找得到線索。故事的情節與內容也很好看，不是像一個流氓在街上被殺掉那麼單調。……看小說應該要花腦筋、要思考，從小就要養成思辨的能力，看她的小說，就是對邏輯思考能力極佳的訓練。

**袁瓊瓊**（作家）

雖然被公認是冷靜理性的謀殺天后，但是在理性之下，克莉絲蒂的底色依舊是感情。克莉絲蒂很明白，所有的慾望之後，都無非是某種愛情。在以性命相搏的犯罪世界裡，凶手以終結他人的性命來遂私欲，不過是為了成全自己的愛，或者是成全自己的恨。

**鄧惠文**（精神科醫師）

以推理小說作家而言，克莉絲蒂的風格相當獨樹一格。她的偵探在辦案時，靠的不光是科學證據的搜集，而是大量運用犯罪心理學，及對人性的深刻了解。例如在《五隻小豬之歌》中，白羅便是藉由聽取嫌疑犯訴說案情時所不自覺顯露的主觀意識及中心思想，而看出其中破綻，找出真凶。白羅是靠腦袋辦案，以心理層面去剖析案情，即使人們敘述的是同一件事，他可以聽出不同角色因出發點及看待角度不同所透露的情緒觀感，從而抽絲剝繭，還原事實真相。

克莉絲蒂所塑造的人物也生動且各具特色，不同個性所出現的情緒反應描寫，皆細膩而準確，讓讀者產生豐富的想像空間，一展卷便欲罷而不能。

**吳曉樂**（作家）

克莉絲蒂使用的語言平易近人，主要是以角色與情節的對應來鑿出故事的深度，堆疊出讓讀者回味的迂迴空間。而她筆下的角色往往性別、階級、性格、族群各異，塑造出多元又豐富的人物群像。

文學作品不問類型，若要流傳於世，最終仍得上溯至「人性」的理解與反思。而阿嘉莎·克莉絲蒂的作品中，我們可以看到人類屢屢得和自己的人生討價還價，或千方百計讓主觀意識與客觀條件達成某種程度的整合，讀者在重建人物的心理軌跡時，也見識到自身的是非成敗，我認為，這也是克莉絲蒂的作品能夠璀璨經年、暢銷不衰的主因。

**許皓宜**（心理學作家）

克莉絲蒂筆下的故事看似在談人性的醜惡，實則像一位披著小說家靈魂的心靈引導者，用她的文字訴說著人們得不到「愛」時的痛苦。於是在故事終了的剎那，你不得不對人生多了幾分「看透感」：原來，我們心裡的那些痛苦、報復與自我折磨的慾望，不是因為「憤恨」，而是起於對「愛的失落」。這或許是我們在情感世界中最珍貴且深刻的一種覺察了。

推理小說荒謬驚悚嗎？不，它其實很寫實。它幫我們說出心裡的苦、怨、醜陋的慾望，於是，我們可以重新學習愛了。

**一頁華爾滋 Kristin**（影評人）

從有記憶以來，閱讀克莉絲蒂最迷人之處往往不在真正的凶手是誰，而是在於「Why」（為什麼）與「How」（如何進行），在於人性與心理描摹的故事肌理。依循其書寫脈絡，會發覺不只是邏輯清晰、布局縝密、著重細節，她總能完美掌握敘事節奏，書中人物彷彿真實存在般鮮明躍然紙上，讀者情緒會隨精準文字保持流轉、跳動、收放，掩卷時並無太多真相水落石出的暢快，反倒淡淡的惆悵化為餘韻襲上心頭，原來還是種種意料之外，卻屬情理之中的人性盲目使然。私以為，那成就了克莉絲蒂的推理故事之所以無比迷人的主因之一。

**冬陽**（推理評論人）

雖然阿嘉莎・克莉絲蒂的作品並非我的推理閱讀啟蒙，卻是養成閱讀不輟的重要推手。首先，她無庸置疑是個說故事能手，打開我名為好奇的開關；其次是設計犯罪事件的巧妙多元，既日常又異常，凶手更是叫人意想不到。沒錯，我相信每個當讀者的都忍不住想破案，想早偵探一步識破詭計，或者像考試結束鈴響前一秒，瞎猜都要指著某個角色大喊「你就是犯人」！然後會忍不住作弊——不是翻到最後幾頁窺探真凶身分，而是往前翻查讓人起疑的段落、偵探顯然掌握重要線索的時刻，直到忍不住豎白旗投降，看神探（我知道啦，真正把我要得團團轉的聰明人是作者）頭頭是道地分析我遺漏錯置的片片拼圖，終於看清真相全貌。這，就是偵探推理，我因此熟悉遊戲規則、沉醉在每一場迷人故事裡，成為這個類型書寫的俘虜，享受至今不疲的美好滋味。

**石芳瑜**（作家、永樂座書店店主）

布局細膩、處處留下線索，破案解說詳細，說明了這位安靜、害羞的推理小說女王心思縝密，且充滿想像力。密室殺人，完美犯罪，《東方快車謀殺案》不愧為古典推理小說的經典。再加上神祕的東方色彩，隨著火車抵達的迫切時間感，連非推理小說迷都會神經拉緊，讀完大呼過癮。

家庭主婦缺少人生經驗？處女座的阿嘉莎．克莉絲蒂充分展現她過人的寫作天分，靠得是從小開始的閱讀，以及對偵探小說的著迷。三十歲寫下第一本偵探小說《史岱爾莊謀殺案》的克莉絲蒂，在那個時代並不能說是「早慧」，但寫作生涯五十五年中，共創作了八十部偵探小說，卻令人難以企及。這位害羞靦腆的小說女神，大概是相信只要有足夠的理由，每個人都有殺人的可能！

**余小芳**（暨南大學推理研究社指導老師、台灣推理作家協會常務理事）

學生時代加入推理社團，社課指定讀物便是經典作品《一個都不留》，成為我對克莉絲蒂的初步印象，自此沉浸於推理小說的世界。隔年寒假陪同學參與轉學考，在斜風細雨的走廊中，滿足讀完《東方快車謀殺案》。隨著歲月遠走，已昇華成趣味回憶。

踏入推理文學領域需要認識的作家，阿嘉莎．克莉絲蒂絕對名列其中，她的作品常有英國小鎮風光、莊園式的謀殺、設備豪華的交通工具等，還有特色鮮明的偵探活躍其中。書中少有血腥、暴力的橋段，布局巧妙且結構嚴密，手法純粹、知性，故事內容與人物性格融為一體，以高超的想像力結合說好故事的能耐，為推理小說開創新局面。克莉絲蒂推理全集重編改版，值得新舊讀者一起探索。

**林怡辰**（國小教師、教育部閱讀推手）

多年後，還是難忘第一次閱讀阿嘉莎．克莉絲蒂作品的感動和激動。

這套將近一世紀的作品，文筆流暢，邏輯縝密，過程中不斷與作者較量、猜出凶手，直到最後解答不禁佩服，蛛絲馬跡處處展現作者的精妙手法，於是又拿起另一部作品，再次沉溺在謀殺天后所編織的日常世界中的奇幻，無可自拔。犯罪動機和手法穿越時空限制，如今讀來合理且依舊令人感動，閱讀中趣味橫生，難怪成為後來諸多偵探小說的原型。

克莉絲蒂創作生涯中產出的八十部推理作品，至今多部躍上大銀幕，無怪乎被稱之為「經典」，喜愛推理偵探作品的人不可不讀，你會驚異於她在文字中施展的魔法！

**張東君**（推理評論家、科普作家）

我愛克莉絲蒂！這位在台灣有時會被稱為克奶奶的超級暢銷推理小說家，即使是自認沒讀過她的書的人，也都會在各種書籍或影視作品中看到對她致敬的片段。由於她喜歡旅行和冒險，那些經驗與體驗都成為書中的場景，因此閱讀她的作品時，不只是雀躍地跟著偵探推理，也有了虛擬的旅行體驗。或者當成旅遊導覽書，在出發去尼羅河、去英國鄉間、去搭船搭火車時，就塞一本克奶奶的作品到隨身背包中。

我還是大學新生時，就聽學姐說她哥哥經常看克奶奶的小說，而且邊看邊狂笑。於是我跟著效仿，在某次搭飛機之前買了第一本小說當旅伴，不只看得超開心，看完後還到處找尋書中出現的那種有兜帽的斗篷，當成出門時的必備用品。克奶奶的作品是跨越文字、國界的。只要看過一本，就會不停地追下去。還好，真的是還好只有八十本。何況這次是全新校訂的紀念珍藏版，當然不能錯過！

**發光小魚（呂湘瑜）**（文史作家、助理教授）

一部好的偵探小說，除了情節設計巧妙之外，還需要洞悉人性，如此方能合理地交代人物的言行舉止與動機。阿嘉莎．克莉絲蒂便是其中翹楚，她的作品不管是偵探、愛情小說或戲劇，必要元素都是謎題與人性。在寧靜無波的場景下暗潮洶湧，永遠都有意料之外，讀者的情緒也會隨著劇情的進行起伏糾結。克莉絲蒂觀察到時代的變化，將犯罪心理融入作品中，於是，看她的小說不只能得到解謎的快樂，同時對人性也能夠有所省思。

此外，克莉絲蒂豐富的人生歷練及旅行經歷，例如一九二二年的環球之旅、居住過也旅行過的巴黎和埃及，甚至是追隨考古學家丈夫前往的中東，都讓她的小說讀來更加充滿異國情調。如果你也愛旅行，不如就讓我們一同搭上那一班南法的藍色列車，或由伊斯坦堡出發的東方快車，跟著白羅鑽進一樁奇案，一嘗旅程中破解謎題的快感吧。

**盧郁佳**（作家）

國小時，家裡買了一套阿嘉莎・克莉絲蒂全集，從此成了我的毒品，在白癡課本將我的腦袋啃嚙成海綿般空洞時，撫慰受創的心靈，那時我仍對人心險惡一無所知。

數學課教你列算式，樂趣遠不如克莉絲蒂教你住宅平面圖、偷換時序的密室魔術，你從庭園長窗進房間，我從房門直通鄰房，他從走廊進房……從而學會故事是建構邏輯。她文風多變，時而《四大天王》中讓神探白羅向助手海斯汀大賣關子，眉頭緊皺，山雨欲來，預示天翻地覆，只能靠他拯救世界；時而用維吉尼亞・吳爾芙《自己的房間》中俏皮的語言，讓貧苦村姑安妮在《褐衣男子》中回憶南非出生入死的冒險，竟源於她耽讀村裡圖書館爛舊的冒險愛情小說，還有戲院每週末放映〈帕米拉歷險記〉，帕米拉每集從飛機跳落高空、搭潛艇、爬上摩天大樓，每次被黑幫老大抓到總不一刀斃命，卻老要用瓦斯毒死她，暗示續集又會逃出生天。

長大才發現，克莉絲蒂小說就是我的〈帕米拉歷險記〉：它以歌劇般輝煌龐大的天真陰謀、精細的人際觀察（一句話重音放在哪個字、從膝蓋鑑定女人的年齡等），召喚年輕讀者抱持浪漫精神投入未知的壯遊，瘋魔、衝撞、冒犯，傷痕累累毫無懼色。正如瓦斯在冒險片中太多、現實中卻太少；陰謀在現實中沒有克莉絲蒂寫得那麼複雜，但她刻畫的心理卻是現實中解謎的試金石。

**賴以威**（臺灣師範大學電機系副教授）

或許可以為經典下幾個定義：該領域的愛好者更都讀過；不是這個領域的愛好者，許多人也都聽過；影響後續的作品，在很多著作中都可以看到它的影子；值得反覆再三閱讀，每隔一陣子再讀都可以獲得閱讀的樂趣，有更多的體悟。我永遠記得第一次讀《東方快車謀殺案》時，被那宛如嚴謹設計數學謎題的鋪陳、推進給深深吸引、震撼。從這幾個角度來說，克莉絲蒂的推理小說被稱之為「經典」，可說是當之無愧。

**謝哲青**（作家、旅行家、知名節目主持人）

克莉絲蒂小說的魅力在於透過每個角色的對白，藉由不斷的說話來表現人物的個性，以彰顯其人格特質中一些無法被忽略的事實。我們從他們的言語、講話的過程和字裡行間，竟然就能知道誰是凶手。

我從克莉絲蒂的小說學到很多，除了推理小說有趣的事實之外，最重要的是，我在工作的職場跟人應對的時候，如何從語言和對話裡去捕捉某些隱而不顯的事實。許多人們欲蓋彌彰的東西，無論心事也好、祕密也好，克莉絲蒂都會用文學的手法，讓你理解語言的奧妙和魅力。

克莉絲蒂的書寫會讓你覺得彷彿自己也在現場，你可以從聽到的對話當中，學會如何理解人心的一些小技巧，這是小說家最出色、最偉大的地方。我們必須學習傾聽別人說話——這些人講話是真誠的嗎？他想要跟你分享什麼資訊？這些資訊可靠嗎？——這是我在閱讀推理小說時，最大的收穫和理解。

# 阿嘉莎・克莉絲蒂大事記

| | | |
|---|---|---|
| 1890 | | • 九月十五日出生於英格蘭德文郡托基鎮。 |
| 1894 | 4 歲 | • 開始在家自學，父母親、姐姐教導閱讀、寫作、算術和彈鋼琴。 |
| 1895 | 5 歲 | • 家中經濟走下坡，舉家搬至法國，學會流利的法語。 |
| 1905 | 15 歲 | • 在巴黎寄宿學校學鋼琴和聲樂，但生性極度害羞，未成為職業鋼琴家，最終回到英國。 |
| 1907 | 17 歲 | • 陪同母親前往埃及調養身體，對社交活動充滿興趣，但尚未對日後感興趣的埃及古物點燃熱情。<br>• 回英國後繼續寫作、參與業餘戲劇表演。 |
| 1908 | 18 歲 | • 寫出第一篇短篇小說〈麗人之屋〉，同時也寫出第一部愛情小說《白雪黃漠》，以筆名向出版社投稿，但屢遭退稿。 |
| 1912 | 22 歲 | • 與英國皇家軍官亞契・克莉絲蒂（Archibald Christie）熱戀。<br>• 八月爆發第一次世界大戰，亞契奉派到法國作戰。 |
| 1914 | 24 歲 | • 耶誕夜結婚，亞契隨即返回戰場。克莉絲蒂參與紅十字會工作，在醫院擔任護士和藥劑師，因此對藥理和毒物非常熟悉，造就後來多部推理小說情節都以毒藥殺人。 |
| 1916 | 26 歲 | • 開始嘗試寫推理小說，寫出第一部小說《史岱爾莊謀殺案》，主角偵探赫丘勒・白羅的靈感，來自於大戰期間英國鄉間的比利時難民營。本書歷經數家出版社退稿後，終獲柏德雷・海德（The Bodley Head）圖書公司的出版機會，之後並簽下另五本小說的合約。 |
| 1919 | 29 歲 | • 前一年亞契返回英國，八月生下女兒露莎琳。 |

1920 30歲 • 出版《史岱爾莊謀殺案》。

1922 32歲 • 出版第二部小說《隱身魔鬼》，主角是夫妻檔偵探湯米和陶品絲。
• 與亞契至南非、澳洲、紐西蘭、夏威夷和加拿大等國旅行十個月，在南非得到《褐衣男子》的靈感。

1923 33歲 • 三月出版第三部小說《高爾夫球場命案》，白羅再度登場。

1926 36歲 • 四月母親過世，克莉絲蒂陷入憂鬱。
• 六月在「威廉・柯林斯父子出版社」出版《羅傑艾克洛命案》。
• 八月亞契因外遇提出離婚，十二月初一次爭吵後，克莉絲蒂離家棄車失蹤，消息登上全國新聞。

1927 37歲 • 一月在悲痛心情中寫出《藍色列車之謎》，第一次創造出聖瑪莉米德村，即後來瑪波小姐居住的村子。
• 分居期間在雜誌刊登以白羅為主角的短篇小說，後來集結出版《四大天王》。
• 十二月在雜誌刊登短篇小說〈週二夜間俱樂部〉，瑪波小姐初登場，後來收錄在一九三二年出版的短篇小說集《十三個難題》。

1928 38歲 • 一月正式離婚，仍保留「克莉絲蒂」姓氏。
• 秋天搭乘「東方快車」前往土耳其的伊斯坦堡，再轉往伊拉克首都巴格達，參觀考古現場烏爾，認識考古學家伍利夫婦（Leonard and Katharine Woolley）。

1930 40歲 • 二月應伍利夫婦之邀再訪烏爾，認識考古學家麥克斯・馬龍（Max Mallowan），九月於英國愛丁堡結婚。這段婚姻開啟克莉絲蒂旺盛的創作生涯，兩人到中東考古現場的旅行為許多作品帶來靈感。

| | | |
|---|---|---|
| | | • 婚後克莉絲蒂開始維持固定的寫作行程。十月出版《牧師公館謀殺案》，是第一部以瑪波小姐為主角的小說。<br>• 出版第一部以「瑪麗．魏斯麥珂特」（Mary Westmacott）為筆名的《撒旦的情歌》，並陸續發表了五部非犯罪小說。 |
| 1932 | 42 歲 | • 出版《危機四伏》。 |
| 1934 | 44 歲 | • 出版《東方快車謀殺案》，是白羅海外辦案三部曲之一，故事靈感來自中東的旅行經歷。一九七四年第一次改編成電影大獲好評。 |
| 1936 | 46 歲 | • 出版《美索不達米亞驚魂》，白羅海外辦案三部曲之二。 |
| 1937 | 47 歲 | • 出版《尼羅河謀殺案》，白羅海外辦案三部曲之三，故事背景是年輕時與母親同遊的埃及。一九七八年第一次改編成電影大受歡迎。 |
| 1939 | 49 歲 | • 二次大戰期間，克莉絲蒂在大學學院醫院擔任義務藥師，學習到最新的毒藥知識，對於推理小說寫作大有助益。<br>• 出版《一個都不留》，是克莉絲蒂最著名作品之一。 |
| 1941 | 51 歲 | • 出版《密碼》，呈現出克莉絲蒂對戰爭的看法。<br>• 出版《豔陽下的謀殺案》。 |
| 1942 | 52 歲 | • 出版《藏書室的陌生人》、《五隻小豬之歌》等名作。 |
| 1944 | 54 歲 | • 以「瑪麗．魏斯麥珂特」為筆名出版第三部作品《幸福假面》，被美國書評人發現是克莉絲蒂的作品，讓她從此失去匿名創作的自在樂趣。 |

| | | |
|---|---|---|
| 1950 | 60 歲 | • 獲選為皇家文學學會的會員。 |
| 1953 | 63 歲 | • 出版《葬禮變奏曲》。 |
| 1956 | 66 歲 | • 一月獲頒大英帝國爵級大十字勳章（GBE）。<br>• 十一月以「瑪麗·魏斯麥珂特」為筆名出版《愛的重量》，是這個筆名的最後一部作品。 |
| 1958 | 68 歲 | • 成為「偵探作家俱樂部」主席。 |
| 1960 | 70 歲 | • 馬龍獲頒大英帝國爵級大十字勳章。 |
| 1961 | 71 歲 | • 獲得艾克塞特大學頒發榮譽文學博士學位。 |
| 1968 | 78 歲 | • 馬龍獲封為爵士，克莉絲蒂亦被稱為馬龍爵士夫人。 |
| 1971 | 81 歲 | • 獲頒大英帝國爵級司令勳章（DBE），獲封為女爵士。 |
| 1973 | 83 歲 | • 出版最後一部創作《死亡暗道》，亦為湯米和陶品絲最後一次辦案。 |
| 1974 | 84 歲 | • 最後一次公開露面，出席電影《東方快車謀殺案》首映會。 |
| 1975 | 85 歲 | • 八月六日，白羅成為有史以來第一次在《紐約時報》頭版刊出訃聞的小說主角，宣傳九月即將出版的《謝幕》，這也是白羅最後一次辦案。 |
| 1976 | 86 歲 | • 一月十二日去世。<br>• 十月出版《死亡不長眠》，瑪波小姐的最後一次辦案。 |

# 克莉絲蒂推理原著出版年表

1920 史岱爾莊謀殺案 The Mysterious Affair at Styles（神探白羅系列）
1922 隱身魔鬼 The Secret Adversary（神探湯米＆陶品絲系列）
1923 高爾夫球場命案 The Murder on the Links（神探白羅系列）
1924 白羅出擊 Poirot Investigates（神探白羅系列）
1924 褐衣男子 The Man in the Brown Suit（神探雷斯上校系列）
1925 煙囪的祕密 The Secret of Chimneys（神探巴鬥主任系列）
1926 羅傑艾克洛命案 The Murder of Roger Ackroyd（神探白羅系列）
1927 四大天王 The Big Four（神探白羅系列）
1928 藍色列車之謎 The Mystery of the Blue Train（神探白羅系列）
1929 七鐘面 The Seven Dials Mystery（神探巴鬥主任系列）
1929 鴛鴦神探 Partners in Crime（神探湯米＆陶品絲系列）
1930 牧師公館謀殺案 The Murder at the Vicarage（神探瑪波系列）
1930 謎樣的鬼豔先生 The Mysterious Mr. Quin（神探鬼豔先生系列）
1931 西塔佛祕案 The Sittaford Mystery
1932 十三個難題 The Thirteen Problems（神探瑪波系列）
1932 危機四伏 Peril at End House（神探白羅系列）
1933 十三人的晚宴 Lord Edgware Dies（神探白羅系列）
1933 死亡之犬 The Hound of Death
1934 三幕悲劇 Three Act Tragedy（神探白羅系列）
1934 李斯特岱奇案 The Listerdale Mystery
1934 帕克潘調查簿 Parker Pyne Investigates（神探帕克潘系列）
1934 東方快車謀殺案 Murder on the Orient Express（神探白羅系列）
1934 為什麼不找伊文斯？ Why Didn't They Ask Evans?
1935 謀殺在雲端 Death in the Clouds（神探白羅系列）
1936 ABC 謀殺案 The A.B.C. Murders（神探白羅系列）
1936 底牌 Cards on the Table（神探白羅系列）
1936 美索不達米亞驚魂 Murder in Mesopotamia（神探白羅系列）

1937 巴石立花園街謀殺案 Murder in the Mews（神探白羅系列）
1937 尼羅河謀殺案 Death on the Nile（神探白羅系列）
1937 死無對證 Dumb Witness（神探白羅系列）
1938 白羅的聖誕假期 Hercule Poirot's Christmas（神探白羅系列）
1938 死亡約會 Appointment with Death（神探白羅系列）
1939 一個都不留 And Then There Were None
1939 殺人不難 Murder Is Easy（神探巴鬥主任系列）
1940 一，二，縫好鞋釦 One, Two, Buckle My Shoe（神探白羅系列）
1940 絲柏的哀歌 Sad Cypress（神探白羅系列）
1941 密碼 N Or M?（神探湯米＆陶品絲系列）
1941 豔陽下的謀殺案 Evil Under the Sun（神探白羅系列）
1942 五隻小豬之歌 Five Little Pigs（神探白羅系列）
1942 藏書室的陌生人 The Body in the Library（神探瑪波系列）
1942 幕後黑手 The Moving Finger（神探瑪波系列）
1944 本末倒置 Towards Zero（神探巴鬥主任系列）
1944 死亡終有時 Death Comes as the End
1945 魂縈舊恨 Sparkling Cyanide（神探雷斯上校系列）
1946 池邊的幻影 The Hollow（神探白羅系列）
1947 赫丘勒的十二道任務 The Labours of Hercules（神探白羅系列）
1948 順水推舟 Taken at the Flood（神探白羅系列）
1949 畸屋 Crooked House
1950 謀殺啟事 A Murder Is Announced（神探瑪波系列）
1951 巴格達風雲 They Came to Baghdad
1952 殺手魔術 They Do It with Mirrors（神探瑪波系列）
1952 麥金堤太太之死 Mrs. McGinty's Dead（神探白羅系列）
1953 黑麥滿口袋 A Pocket Full of Rye（神探瑪波系列）
1953 葬禮變奏曲 After the Funeral（神探白羅系列）

1954 未知的旅途 Destination Unknown

1955 國際學舍謀殺案 Hickory, Dickory, Dock（神探白羅系列）

1956 弄假成真 Dead Man's Folly（神探白羅系列）

1957 殺人一瞬間 4:50 from Paddington（神探瑪波系列）

1958 無辜者的試煉 Ordeal by Innocence

1959 鴿群裡的貓 Cat Among the Pigeons（神探白羅系列）

1960 哪個聖誕布丁？ The Adventure of the Christmas Pudding（神探白羅系列）

1961 白馬酒館 The Pale Horse

1962 破鏡謀殺案 The Mirror Crack'd from Side to Side（神探瑪波系列）

1963 怪鐘 The Clocks（神探白羅系列）

1964 加勒比海疑雲 A Caribbean Mystery（神探瑪波系列）

1965 柏翠門旅館 At Bertram's Hotel（神探瑪波系列）

1966 第三個單身女郎 Third Girl（神探白羅系列）

1967 無盡的夜 Endless Night

1968 顫刺的預兆 By the Pricking of My Thumbs（神探湯米＆陶品絲系列）

1969 萬聖節派對 Hallowe'en Party（神探白羅系列）

1970 法蘭克福機場怪客 Passenger to Frankfurt

1971 復仇女神 Nemesis（神探瑪波系列）

1972 問大象去吧 Elephants Can Remember（神探白羅系列）

1973 死亡暗道 Postern of Fate（神探湯米＆陶品絲系列）

1974 白羅的初期探案 Poirot's Early Cases（神探白羅系列）

1975 謝幕 Curtain: Hercule Poirot's Last Case（神探白羅系列）

1976 死亡不長眠 Sleeping Murder（神探瑪波系列）

1979 瑪波小姐的完結篇 Miss Marple's Final Cases（神探瑪波系列）

1991 情牽波倫沙 Problem at Pollensa Bay

1997 殘光夜影 While the Light Lasts

國家圖書館出版品預行編目（CIP）資料

白馬酒館 / 阿嘉莎．克莉絲蒂（Agatha Christie）著；
林樹民、盧玫譯. -- 二版.-- 臺北市：遠流出版事業
股份有限公司, 2024.10
面；　公分. -- (克莉絲蒂繁體中文版20週年紀念
珍藏；77)
譯自：The Pale Horse
ISBN 978-626-361-900-5(平裝)

873.57　　113012940

克莉絲蒂繁體中文版 20 週年紀念珍藏 77

**白馬酒館**

作者 / 阿嘉莎．克莉絲蒂
譯者 / 林樹民、盧玫

主編 / 陳懿文、余式恕　校對 / 呂佳真
封面、內頁設計 / 謝佳穎　排版 / 連紫吟、曹任華
行銷企劃 / 舒意雯　出版一部總編輯暨總監 / 王明雪

發行人 / 王榮文
出版發行 / 遠流出版事業股份有限公司
地址 / 104005臺北市中山北路一段11號13樓
電話 / (02)2571-0297　傳真 / (02)2571-0197　郵撥 / 0189456-1
著作權顧問 / 蕭雄淋律師

2004年3月1日 初版一刷
2024年10月1日 二版一刷
定價 / 新臺幣380元 (缺頁或破損的書，請寄回更換)

ISBN 978-626-361-900-5

遠流博識網 http://www.ylib.com　E-mail: ylib@ylib.com
遠流粉絲團 https://www.facebook.com/ylibfans